Nicolas Norcini

L'ÉCHÉQUISTE FOU

Roman policier - Thriller

© 2024 Nicolas Norcini
Édition : BoD • Books on Demand GmbH, In de Tarpen 42, 22848 Norderstedt (Allemagne)
Impression : Libri Plureos GmbH, Friedensallee 273, 22763 Hamburg (Allemagne)
ISBN : 978-2-3225-2621-5
Dépôt légal : Septembre 2024

Ce livre est une œuvre de fiction. Toute ressemblance avec la réalité est à imputer à cette dernière. Toute coïncidence ou ressemblance avec des personnages réels est fortuite et involontaire.

Correction : Lucas Norcini - Floriane Courgey

Le code de la propriété intellectuelle interdit formellement toutes copies ou reproductions destinées à une utilisation collective. Sans le consentement de l'auteur (Lucas Norcini), toutes reproductions ou représentations intégrales ou partielles de l'œuvre constituent une infraction liée à l'article L335-2 du code de la propriété intellectuelle.

Ce roman comporte des scènes pouvant choquer la sensibilité d'autrui : tabagisme, alcool, racisme, violence verbale et physique.

Ce roman est destiné à un public averti. (-14 ans)
Prix : 15,90 €

Loi n°49-956 du 16 juillet 1949 sur les publications destinées à la jeunesse, modifiée par la loi n°2011-525 du 17 mai 2011.

À l'amour que je porte
pour le jeu d'échecs

Prologue

Froids et silencieux, tels sont les adjectifs qui pourraient qualifier cette pénombre qui envahissait la pièce dans laquelle nous nous trouvions. Mais bizarrement, je me suis senti bien, comme réveillé d'un long sommeil réparateur. À peine avais-je eu le temps de reprendre mes esprits que nous fûmes tous éblouis par une intense lumière, provenant des projecteurs accrochés au plafond de ce qu'il semblait être un hangar abandonné.

Je n'étais pas seul ; nous étions trente-deux au total dans cet immense endroit qui me semblait inconnu au premier coup d'œil. La parité d'hommes et de femmes n'était pas respectée, et nous étions tous disposés de façon parfaite sur des cases blanches et noires, cirées récemment, au vu de la brillance que reflétait le sol. L'un de mes voisins, ayant repris ses esprits plus vite que les autres, s'écria avec fracas :

— Où suis-je ?! Que s'est-il passé ?! questionna-t-il.

Très vite, ces questions devinrent banales et nombreuses dans les méninges de tout le monde. Je ne parlais pas à cet instant ; je préférais d'abord observer et analyser mon environnement. Cela me semblait tellement naturel que je le fis immédiatement, sans tergiverser.

La femme en face de moi, belle blonde aux yeux marron clair, s'était mise à gémir et se plaignait d'une douleur au niveau du cou. Elle ne pouvait pas le voir elle-même, à moins de se trouver face à un miroir. C'était une sorte de dispositif complexe cousu à même la peau. L'arracher de force nous ouvrirait sûrement la gorge sans délai ; il valait mieux y réfléchir à deux fois. D'ailleurs, nous l'avions tous, et au même endroit.

— Une chose est sûre, je ne resterai pas là les bras ballants, déclara l'homme barbu en face de moi, impatient et blessé à la jambe.

Il boita et sortit de sa case blanche, préalablement placé ainsi par on ne sait qui. Une fois le pied sur une autre case que la sienne, le petit appareil se mit à clignoter et à émettre un son très aigu, résonnant à travers l'ensemble de notre corps. Je sentais l'intérieur de mes entrailles bouger au brouhaha que produisait son appareil de torture.

La situation était plus qu'étrange ; j'étais dans une salle remplie de cris de douleur provenant d'une trentaine de personnes en simultané.
— NE BOUGE PAS DE TON EMPLACEMENT ! hurla un martyre à l'autre bout du sol bicolore. TU VAS TOUS NOUS FAIRE TUER !
Après s'être replacé, le son se tue et, de nouveau, le silence devint pesant.

Après un bref regard lancé dans le blanc des yeux de chacun, une voix sortit d'un haut-parleur dissimulé derrière les projecteurs aveuglants :
— Bienvenue, chers joueurs ! dit d'une voix rauque et modifiée notre interlocuteur

mystérieux. Maintenant que la sieste est terminée, nous allons pouvoir commencer.

— Commencer quoi, gros déséquilibré ? répliqua l'un des « joueurs », visiblement très énervé.

— Commencer à jouer, bien sûr ! Le jeu d'échecs est l'un de mes jeux favoris, je souhaitais vous partager cette passion qui m'anime tant.

— Je n'ai pas envie de jouer, moi ! Laissez-moi sortir de cet endroit ! ordonna une dame qui, jusque-là, se faisait plus discrète. Vous vous attaquez à une employée de justice, Monsieur qui que vous soyez ! La séquestration est punie par la loi !

— La loi... Parlons-en, Madame la Juge. Vous, *Elisa Hornett*, n'avez pas su appliquer cette « loi » que vous chérissez avec tant d'affection. Vous avez failli à votre mission, et aujourd'hui, il est temps de payer le prix de vos erreurs passées. Une fois la partie terminée, les vainqueurs seront épargnés, mais vous devrez faire des sacrifices pour la survie des membres de votre équipe. Certains d'entre vous mourront par la main des personnes qui se trouvent de l'autre côté du plateau. Si vous refusez de tuer, les conséquences...

Comme pour appliquer un effet dramatique, il ne terminera jamais son monologue. La situation était claire à présent : nous étions aux mains d'un psychopathe qui avait visiblement tout prévu. Il jubilait de jouer avec nos vies, de nous voir nous entretuer sur un jeu datant de plusieurs siècles. Les participants s'affolèrent les uns après les autres, craignant que la réputation de *l'échéquiste fou* ne soit avérée.

D'après les médias, c'était un tueur de génie, réputé pour avoir orchestré plus de quatre parties sanglantes comme celle que nous étions en train de vivre, à travers l'Europe. En l'espace de quelques mois, il avait laissé sur son passage le sang d'une centaine de victimes.

Dans une lettre envoyée à la police d'Interpol quelques mois après son premier jeu, notre mystérieux assassin expliquait vouloir rétablir la justice, la sienne, qu'il estimait juste et légitime.

Personne n'a su percer à jour sa véritable identité en deux ans d'enquête.

Chapitre 1 : Paavola

Au tribunal de la capitale finlandaise, l'ambiance s'enflammait. *Arthur Koskinen*, meurtrier multirécidiviste par le passé, assis sur le banc des accusés, avait été arrêté par les forces de l'ordre en novembre deux mille dix-neuf à son domicile miteux dans le centre-ville. Il avait été acquitté par la justice, faute de preuves concrètes justifiant son implication dans l'affaire du petit *Liam Benedict*, retrouvé sans vie dans les bois, à quelques kilomètres de la grande ville. Tous le savaient coupable ; pourtant, il sortit libre comme l'air. Les parents du pauvre garçonnet, choqués, criant et pleurant à chaudes larmes, ne trouvèrent pas le courage de prononcer le moindre mot sur ce qu'ils ressentaient, une fois la décision de libération prononcée.

— Nous sommes ici, au palais de justice d'Helsinki, où s'est déroulée l'affaire du siècle ! déclara un journaliste pour la télévision locale en plein direct. La juge,

Madame *Hornett*, vient à l'instant de prononcer son verdict.

Sourire aux lèvres, l'ex-accusé salua ses détracteurs une fois le seuil du bâtiment public franchi.

Quelques mois plus tard, ses dents furent accrochées autour de son cou comme un collier de perles, scintillant de mille feux. L'homme fut retrouvé pendu sur la place du marché, aux côtés d'autres assassins qui, antérieurement, parcouraient la ville sans se préoccuper de leurs méfaits et de leurs conséquences. Une enquête avait été ouverte par l'officier supérieur, *Emil Paavola*. Cet homme, à la moustache fine et bien travaillée, examinait avec attention la scène en théorisant ce qu'il voyait.

— Je peux comprendre un tel acte envers les monstres que furent ces hommes, mais je me refuse à le tolérer. Le coupable doit rendre des comptes. Qui sait s'il recommencera ?

— Chef ! appela son subordonné. Regardez donc ce que je viens de trouver dans la bouche de l'un d'entre eux.

— Un pion blanc ? Notre tueur a le sens du spectacle, dit-il en jetant un œil à son collègue, tout aussi interloqué que lui. Le médecin légiste arrive dans combien de temps ?

— Il ne devrait pas tarder, Monsieur. En attendant, je retourne prélever des indices, si toutefois il en reste.

De retour dans son bureau au département de police d'Helsinki, *Paavola* s'affala dans son siège en cuir véritable, fatigué de sa journée de travail. Le regard vide et le souffle court, il attendait la fin de son service avec impatience.

Les jours passaient et l'enquête piétinait. « Un coup de pouce ne serait pas de refus », pensa *Emil* en regardant son miroir de poche, peignant avec soin sa belle pilosité faciale. Le rapport du légiste n'avait rien donné de probant. Le crime était net, sans bavures.

C'est alors que son téléphone fixe, jusque-là silencieux depuis quelques mois, sonna de plus belle. Interpol était au bout du fil.

— Bonjour, puis-je parler à l'inspecteur en chef de l'affaire *925 LF-B*, je vous prie ? réclama la femme à l'autre bout de la ligne, d'un débit anormalement élevé.

— Bonjour Madame, Inspecteur *Paavola*, chargé de l'enquête, que puis-je faire pour vous ? Il est rare qu'Interpol s'intéresse à une affaire finlandaise d'une ampleur moindre que celle-ci, si j'ose dire !

— En temps normal, il est vrai que nous avons d'autres affaires plus urgentes en cours. Cependant, nous avons reçu une lettre concernant votre dossier. Nous ne considérons plus cette affaire comme « moindre » à présent. Interpol prend la main en ce qui concerne ce dangereux psychopathe, surnommé sobrement *l'échéquiste fou* par l'opinion publique.

— Une lettre vous dites ? Depuis quand un simple bout de papier peut vous affoler autant ? Pourrais-je en connaître le contenu ?

— Je ne peux vous le dire avec précision, Monsieur, les détails resteront confidentiels pour le moment. Mais nous pensons que votre personnage aux actes sordides recommencera ; du moins, c'est ce qu'il déclare par écrit !

— Si une telle scène d'horreur devait recommencer sur le sol de mon pays, il est important que je le sache, ne trouvez-vous pas ma réflexion des plus... logiques ?

— Justement, Monsieur *Paavola*, cela ne concerne plus uniquement la Finlande...

Quelques mois s'écoulèrent à la suite de cette conversation, qui s'éternisa jusqu'à tard dans la soirée.

Le tonnerre gronda ce jeudi dix-sept septembre. L'odeur du pétrichor se faisait plus présente, et le bruit des gouttelettes sur la tôle plus fort. Le jour avait laissé place au rayonnement d'une lune haute et majestueuse, s'élevant dans le ciel comme un ballon surgonflé à l'hélium que l'on aurait lâché par inadvertance, bien que cachée par des nuages sombres et épais passant de temps à autre.

Emil jeta sur son porte-documents, posé en vrac sur une pile de dossiers non classés, d'un jaune mal vieilli, son billet d'avion pour la ville de Lyon, en France. Sa valise était prête, son moral, lui, un peu moins. L'esprit d'équipe n'était pas sa seconde nature, malgré qu'il soit convié à participer à l'effort collectif du groupement de police le plus strict du continent. Il gardait pourtant un bon souvenir des Français, de leur culture, de leur patrimoine... de leur râlerie.

— Il me tarde de rentrer ! s'exclama-t-il à voix haute en claquant la porte de son bureau, l'anse dans sa paume de main droite, moite d'anxiété, tandis que les roulettes en plastique crissaient sur le carrelage usé du couloir, longeant le bâtiment principal de l'hôtel de police de part en part.

Le vol était prévu pour 23h30. Le taxi qu'il avait pris avait fait vite pour arriver jusqu'à destination. L'aéroport n'était pas bondé ce jour-là, contrairement aux périodes de vacances scolaires d'été.

Sa ceinture était bouclée et le personnel commençait à énoncer les consignes de sécurité à l'avant de l'appareil. Maintenant confortablement installé, il sortit un petit bloc-notes de sa poche avant gauche pour y gribouiller quelques-unes de ses pensées. Une heure et demie plus tard, il tomba dans les bras de Morphée, ses cervicales convenablement soutenues par son petit oreiller gonflable.

À son réveil, le trajet était terminé et s'était déroulé sans réelle difficulté, malgré quelques turbulences provoquées par l'averse, la même qu'il pensait quitter lors de son départ. Un agent de police l'attendait avec une petite pancarte et un parapluie de couleur sombre, à la sortie de Saint-Exupéry, prêt à le conduire là où il était attendu. Sa poignée de main était ferme et chaleureuse, tout le contraire de l'enquêteur, qui ne manqua pas de se masser discrètement les doigts après les salutations effectuées.

Dans le hall, attendant patiemment que la responsable qui l'avait appelé au téléphone le reçoive, *Emil* analysait le moindre détail de l'immense logo Interpol floqué sur le sol. Il ne parlait pas un mot de français, mais il pouvait deviner les valeurs qui y étaient associées, c'était les mêmes aux quatre coins du monde, au synonyme près.

Au bruit de ses talons hauts, dû à sa marche rapide et à l'élégante tenue qu'elle portait, repassée impeccablement, l'inspecteur en déduisait ceci : elle m'a l'air autoritaire. Elle le salua aussitôt après l'avoir aperçu :

— Monsieur *Paavola* ? Je suis *Louise Duchêne*, la personne qui vous a appelé concernant l'enquête de *l'échéquiste fou*, vous vous en souvenez ?

— Madame *Duchêne*, c'est un plaisir de faire enfin votre connaissance.

— Plaisir partagé. Nous avons du travail, suivez-moi.

Sans un mot, ils marchèrent ensemble une dizaine de minutes avant d'arriver dans une salle de réunion, où se tenait en son centre une table ronde en marbre. D'autres personnes étaient d'ores et déjà présentes de part et d'autre de l'ameublement, notamment une certaine *Elisa H* que *Paavola* reconnut en un battement de cil.

— Vous ici, Madame *Hornett* ?

— Tiens, que faites-vous donc en ces lieux, Monsieur *Paavola* ?

— Bien qu'elle n'ait pas été formulée de cette façon, mon étonnement évoquait la même question à votre égard, Madame la Juge ! rétorqua *Emil* d'un air bâchant.

— Voilà qui va simplifier l'accomplissement de notre but commun ! s'exclama *Davide Fianchetto*, un vieux cigare cubain entamé au bout des lèvres. Membre important au sein des forces spéciales italiennes, il était chauvin et malpoli, mais était un bon flic. J'aime les retrouvailles, cela m'évoque toujours de bons souvenirs d'ordre familial ! Et il se mit à rire à gorge déployée.

Chapitre 2 : La réunion

Le café était froid, mais le Finlandais s'en contenterait, faute de pouvoir avoir mieux entre ses mains frigorifiées. *Louise* alluma le projecteur qui donnait sur un tableau blanc. D'une simple pression sur un bouton dans un des coins de la pièce, il se déroula automatiquement contre le mur.

Il était temps, estimait madame *Duchêne*, de faire le bilan sur la situation :

— En Finlande, le huit avril deux mille vingt, date à laquelle le meurtrier présumé, *Arthur Koskinen*, que vous avez acquitté en janvier de la même année, Madame *Hornett*, a été retrouvé mort, quelques mois après la décision de remise en liberté de celui-ci. Treize personnes sont mortes ce jour-là et dix-neuf autres sont toujours introuvables.

— Oui, je me souviens... marmonna péniblement *Elisa* d'un air absent.

— En Italie, cette fois, le vingt-six juin, monsieur *Fianchetto* découvre vingt-sept cadavres à Florence, en Toscane.

— Ce fut sordide ! Je pensais avoir tout vu dans ma carrière. J'ai dégobillé mon repas du midi, c'est pour dire ! affirma-t-il en tapant du poing sur la table.

— Nous nous passerons des détails, si vous le voulez bien ! stoppa net *Paavola,* qui ne souhaitait pas en entendre davantage.

— ...Et pour finir, le treize juillet, l'Espagne, dans un communiqué officiel, déclare en avoir retrouvés trente dans une petite bourgade à côté de Madrid, empilés les uns sur les autres. Cerise sur le gâteau, vous avez toutes et tous retrouvé une pièce provenant d'un jeu d'échecs dans l'orifice d'un des malheureux, et c'est ce point commun entre toutes ces horreurs que je souhaite approfondir.

En effet, une pièce, blanche ou noire, retrouvée sur les victimes, était bien une pièce à conviction importante. Cependant, d'autres éléments n'étaient pas à négliger, notamment leur casier judiciaire et le nombre de morts qui variait à chaque tuerie. Il était difficile, même à notre époque, d'identifier un coupable parcourant l'Europe sans laisser le moindre indice ni la moindre trace. *L'échéquiste fou* était ingénieux, soigné et surtout imprévisible.

— Nous ne savons que trop peu de choses sur l'individu en question, mais nous savons ce qui l'anime, notifia *Carmen Riviera*, en roulant les R à l'espagnole.

Cette dame âgée, au visage marqué par la fatigue du travail, était un médecin légiste de renommée mondiale. Avec une petite équipe de quatre personnes, elle avait analysé avec soin la dépouille des trente malchanceux.

— Je ne souhaite pas conjecturer trop promptement. Il finira bien par commettre une erreur, affirma-t-elle en joignant les mains devant elle.

— Oui, après tout, nous ne sommes pas très pressés de l'arrêter, puisqu'il nous débarrasse de la vermine ! proclama *Fianchetto* d'un air méprisant.

— N'avez-vous aucune considération pour le genre humain, *Davide* ? questionna *Emil* en brandissant son doigt au ciel, comme pour faire témoigner les anges du comportement farouche et inapproprié qu'exhibait l'Italien.

— Détrompez-vous, Monsieur, le genre humain, je le tiens en haute estime. Je ne considère plus les barbares qu'ils étaient comme mes semblables ! rétorqua l'homme, devenu rouge tomate d'agacement, celui-ci grandissant de seconde en seconde.

Une cigarette plus tard, la tension était redescendue. Il faisait toujours mauvais temps dehors, mais qu'importe, aucune fenêtre ne donnait sur l'extérieur là où ils se trouvaient. Tous regagnèrent leur place en silence, écoutant attentivement les dires de madame *Duchêne*.

Dans son pense-bête, le flic finlandais se rappela une méthode, ô combien efficace, pour structurer les informations et les relier entre elles. La technique du CQQCOQP était l'une des méthodes qu'utilisait son mentor, *Oliver Orava*, pendant sa tendre période d'apprentissage dans la fonction publique. Il prit alors la parole :

— Nous devons nous poser les bonnes questions. Combien ? Quoi ? Quand ? Comment ? Où ? Qui et pourquoi ?

— Combien de personnes impliquées ? Nous l'ignorons, affirma *Duchêne* avec conviction.

— Le quand, vous nous l'avez annoncé un peu plus tôt, Madame, mais nous ne pouvons pas prédire quand cela se reproduira. La période séparant les meurtres semble aléatoire.

— Le comment, je pense en avoir une vague idée ; toutefois, elle me semble tordue, reprit *Riviera*, hésitante. Je l'imagine utiliser ses victimes comme des pièces d'échecs dans ce qui pourrait être une arène.

— Bonne réflexion, ma chère ! Si cela s'avère exact, notre tueur aurait besoin d'un endroit relativement grand. Comment vous est venue cette idée ?

— Sur un plateau de jeu, il y a trente-deux pièces. Le nombre de dépouilles retrouvées ne dépasse jamais ce quota. Ne trouvez-vous pas cela étrange ?

L'assemblée acquiesça à l'unanimité. La pensée de *Carmen* semblait cohérente ; cependant *Elisa* s'agitait, quelque chose semblait la contrarier. Elle qui semblait invisible, comme oubliée, tapota le sol frénétiquement, sans même en être pleinement consciente. Soucieux et attentif, l'officier supérieur nordique lui demanda de ses nouvelles.

— Je vais bien, je ne supporte simplement pas d'être enfermée aussi longtemps, assura la juge, dont les ongles étaient pleinement rongés par le stress.

Peu convaincu, il décida tout de même de la laisser en paix. Peut-être avait-elle besoin d'air frais ?

La discussion continua de plus belle, se transformant parfois en débat houleux.

Après quelques heures, la journée se termina enfin. Une chambre d'hôtel avait été attribuée à tous les intervenants dans le centre-ville. Une fois là-bas, ce n'était pas le grand luxe : un lit, une table avec des petits sablés en vrac et une douche bien trop petite pour deux personnes.

Avec étonnement, *Davide* hurla à pleins poumons :

— AUCUN MINIBAR ?! MA CHE ! C'EST QUOI CE PAYS AVEC UN ACCUEIL PLUS QUE DOUTEUX ?!

En urgence, *Carmen* se précipita dans sa direction, grimpant deux étages à une vitesse folle, manquant de se fouler la cheville à plusieurs reprises, pensant tomber sur une scène dramatique à son arrivée.

— Que vous arrive-t-il ? Nous vous avons entendu crier deux étages plus bas ! interrogea l'Espagnole, le souffle coupé.

— J'ai besoin d'un verre, j'ai cru apercevoir un bar au rez-de-chaussée. Je m'en vais me détendre, souhaitez-vous vous joindre à moi ?

— J'ai besoin d'un remontant aussi, mais à l'avenir, ne me faites plus de frayeur de cette ampleur, mon cœur ne le supporterait pas.

De son côté, *Elisa* organisait sa valise sur son plumard, désormais mise à sac, remplie à ras-bord d'affaires inutiles. Soudain, une musique entraînante provenant de son sac à main parvint à ses oreilles. Il s'agissait de la sonnerie d'appel de son téléphone portable. Elle regarda l'image de profil de son correspondant, soupira, puis décrocha d'un geste franc du pollex droit :

— Que me voulez-vous cette fois-ci ?

— Bonjour à vous aussi. Vous semblez introuvable ces derniers temps... parla d'une voix lente et basse la mystérieuse voix masculine au bout du fil.

— Je suis en France, je n'ai pas de temps à vous consacrer.

— Nous avons besoin de vous ici, auriez-vous oublié notre arrangement ?

Elle déglutit difficilement. Comment sortir du bourbier dans lequel elle s'était fourrée ? Elle était la seule fautive, et elle le savait très bien. Personne n'était au courant de son accord passé avec ce mystérieux individu. Personne ne pouvait donc la pointer du doigt sur ses affaires suspectes sans nulle preuve, pour l'instant.

— J'ai tenu parole pour l'affaire *Koskinen*, j'ai respecté ma part du marché.

— Oui, nous avons vu Madame *Hornett*, les infos en ont parlé pendant des semaines. Moi, je vous parle de l'affaire suivante, vous étiez censée intervenir pour libérer mon mouchard, *Lorenzo Triniti*. Résultat ? Il est mort, poignardé par d'autres détenus dans la prison de haute sécurité dans laquelle il était retenu, grommela-t-il.

— J'ai dû partir en vitesse, s'expliqua-t-elle d'une voix tremblante. Interpol m'avait...

Il l'interrompit d'un ton plus fort qu'auparavant, qui la fit bégayer sans qu'elle puisse reprendre le contrôle de son dialecte.

— Notre entente est désormais caduque. En quittant votre poste, vous nous avez trahis, nous n'en resterons pas là.

Il raccrocha sans attendre, endiablé comme jamais il ne l'avait été.

Chapitre 3 : Le chantage

Elle tournait, tournait et tournait encore jusqu'à finir sa course sur l'un des trente-six numéros que comptaient la roulette. L'ambiance du casino Bellagio était en effervescence en cette soirée du trois février deux mille dix-sept. Des cris de joie et de colère s'entendaient conjointement, se mélangeant au raffut des machines à sous.

Elisa était en voyage aux États-Unis. Longtemps, elle avait rêvé d'y mettre les pieds, c'était maintenant chose faite. Lors de son périple à Las Vegas, elle n'avait pas été raisonnable. Son argent disparaissait de ses poches à la vitesse d'un train lancé à pleine allure. Son sang, remplacé par divers mélanges d'alcool, ne l'aidait pas non plus à réfléchir aux conséquences de ses décisions irrationnelles.

— Neuf, rouge, impair ! annonça le jeune croupier, à peine âgé de vingt-et-un ans, élégamment bien habillé d'un nœud papillon violet aubergine. Faites vos jeux, Messieurs Dames.

— C'est bien ma veine... dit-elle en sirotant son cocktail avec une paille « lunette » sur le nez.

Elle regarda son portefeuille et constata qu'il ne lui restait qu'un unique billet vert de cinq cents dollars, dissimulé dans la doublure de ce qu'elle appelait vulgairement son fourre-tout. Elle tenait toutes ses économies du bout des doigts. « Je vais me refaire, on a qu'une vie après tout ! », pensa-t-elle naïvement.

— Cinq cents sur le noir, baragouina-t-elle en titubant, un œil rouge de fatigue, à moitié fermé.

La tension était à son comble et l'attente fut longue. La bille allait-elle doubler sa mise, ou allait-elle la ruiner pour de bon ?

— Les jeux sont faits, rien ne va plus !

Ses yeux ne quittèrent pas le petit objet sphérique éblouissant, parcourant les numéros sans tarder, flirtant avec le facteur aléatoire et dangereux du jeu d'argent. Sans surprise, le résultat fut décevant. Ironie du sort, le zéro, pourtant seul chiffre représentant la couleur verte parmi les trente-cinq nombres voisins, fut désigné par le destin.

Dorénavant sans un sou, elle quitta son siège de perdante et décida de parcourir les couloirs lumineux du palace dans lequel elle se trouvait, à la recherche d'un généreux donateur, qui lui permettrait peut-être de retenter sa chance.
Subitement, un homme, à la barbe taillée de près et aux cheveux plaqués de force à l'arrière de son crâne, lui agrippa le bras avec distinction.
— Bonsoir Madame, vous me semblez à la recherche de quelque chose, me trompé-je ? Puis-je vous aider d'une quelconque façon ?
— Oh, vous tombez à pic ! Auriez-vous un peu de monnaie ? Cette saleté de roulette est du genre gourmande !
— En effet, il est rare de sortir du Bellagio le veston plein. Voici cinq dollars, je vous recommande de prier votre bonne étoile, cette fois-ci.

Furtivement, il l'observait d'un air malicieux. Elle continuait de perdre, encore et toujours, trop alcoolisée pour se rendre compte qu'elle était sur le point de contracter un prêt d'une somme colossale, auprès de cet inconnu rencontré à la hâte.

— Je suis navrée, Monsieur, ma chance m'a quittée, je le déplore. De plus, je ne crois pas connaître votre nom, vous êtes ?

— *Rossi*... *Thomas Rossi*, se présenta-t-il auprès d'elle en lui baisant la main avec respect, digne d'un parfait gentleman.

— Seriez-vous Finlandais par hasard, Monsieur *Rossi* ?

— Tout juste ! Je suis démasqué, je le crains ! Comment diable avez-vous fait pour le deviner ?

— Votre accent vous trahit, tout comme le mien.

Comme un enfant mangeant des sucreries en cachette, pris sur le fait par ses parents malgré leurs consignes strictes en matière de sucre avant le coucher, *Thomas* ferma les yeux dans une geste de renoncement. Lui qui pensait si bien camoufler ses origines, c'était un échec cuisant.

— Votre sens de l'analyse est affûté, Madame *Hornett*... même avec les années, il ne faiblit pas.

— Il ne me semble pas vous avoir mentionné mon nom lors de nos précédents échanges. Ma réputation m'a-t-elle précédée ? questionna-t-elle en haussant un sourcil.

La peur commençait à la gagner. *Thomas* semblait en savoir plus sur elle qu'il ne voulait bien le montrer ou l'admettre. Il baissa la tête, contracta ses muscles peauciers et l'invita à le suivre dans les rues chatoyantes de la capitale mondiale du vice. Bien qu'elle ne désirât pas lui faire l'honneur de lui emboîter le pas sans discuter, elle se sentit forcée et s'exécuta sans opposer de résistance aucune.

Dehors, une camionnette luxueuse de couleur noire carbone les attendait, sous un ciel dénué d'étoiles, pollué par les faisceaux éblouissants de la cité désertique. Les portières étaient ouvertes, par anticipation. D'un simple geste du doigt, le chauffeur obéissait et démarrait le véhicule sans attendre. *Thomas* profita de l'occasion pour engager les hostilités avec son otage, qu'il appelait son « invitée » par politesse.

— Vous devez avoir moultes questions, j'en conviens. Rassurez-vous, il ne vous arrivera rien.

— Que me voulez-vous, Monsieur *Rossi* ? Ou était-ce un nom inventé pour me duper ?

— Si cela vous inquiète tant, permettez-moi de vous confirmer la présentation que je vous ai faite de moi, comme véridique.

Il marqua une courte pause, le temps de se servir un whisky quatorze ans d'âge, sans glace, versé dans un verre en cristal personnalisé, avant de reprendre le fil de ses pensées.

— Vous êtes juge des affaires pénales au tribunal d'Helsinki, est-ce exact ?

— Je vois que vos devoirs ont été parfaitement réalisés en amont, observa-t-elle en croisant les bras fermement sur son buste.

— En effet, confirma-t-il en prenant une délicieuse gorgée de son spiritueux préféré. Nous avons besoin de quelqu'un de haut placé au palais de justice pour quelques cas... délicats, si vous me permettez le terme.

— Et qu'est-ce qui vous fait croire que je vous aiderai dans vos desseins équivoques ? interpella-t-elle son interlocuteur d'un air satisfait, marqué d'un léger sourire narquois.

— N'oubliez jamais que l'argent lapidé ce soir était le mien à une époque succincte, Madame la Juge.

Il retroussa sa manche, regarda sa montre et la lui tendit en pointant du doigt le temps écoulé depuis leur départ du casino de jeux.

— Pour être tout à fait pointilleux, quatorze minutes et deux, trois, quatre... secondes.

— Vous m'avez piégée !

— Non, vous vous êtes comportée déshonorablement. Il est temps de payer le prix de vos erreurs passées.

Le char s'était stoppé devant l'hôtel qui hébergeait *Elisa* le temps de son séjour. Le

Wynn était plutôt bien réputé et n'était pas trop cher, pour cette ville pleine de surprises et de fantasmes, qu'était Las Vegas. Un autre endroit pour se reposer aurait peut-être permis à notre dame en détresse de ne pas trouver son portefeuille en un tour de main.

En sortant du véhicule, elle le regardait avec insistance, les yeux débordant de mépris et de dégoût pour son maître chanteur.

— Que penserait *Dylan* de tout cela ? dit-il en fermant la porte de son van.

Le nom de son petit frère résonnait dans sa tête. *Thomas* avait frappé en dessous de la ceinture sans remords. D'un geste désespéré, elle attrapa son talon haut et le lança sur ce salopard, priant les dieux de le toucher mortellement, sans succès. Elle hurla de haine :

— VOUS LE PAIEREZ !

Elle pleura de chagrin, à même le sol, réalisant ce que l'alcool cachait depuis un moment déjà. Sa longue agonie ne faisait que commencer.

Chapitre 4 : Au diable !

Fianchetto fumait son cigare à la nuit tombée, un rituel devenu quotidien dans la vie de cet homme, intérieurement corrompu par la fumée et l'alcool. Ses poumons le faisaient toussoter régulièrement, et son foie ne fonctionnait qu'une fois sur deux. Ancien cancéreux, les médecins ne lui donnaient qu'une demi-année avant de passer l'arme à gauche. Pourtant, une fois ce délai franchi, rien ne se produisit. Il s'était pourtant résigné à l'idée de fermer les yeux pour l'éternité. Sa convalescence insoupçonnée fut surprenante pour un patient, amorçant avec douleur, sa phase terminale.

Cette histoire, *Carmen* l'écoutait avec attention. Cette première soirée à Lyon était l'occasion parfaite pour faire connaissance. *Davide* s'était renfermé sur lui-même, cachant sa crainte de tutoyer la mort à nouveau, ce qui expliquait son comportement et ses réflexions, que *Paavola* ne tolérait point.

— Et vous, *Carmen* ? adjura-t-il.

— Que souhaitez-vous savoir à mon sujet, *Davide* ?

— Les choses habituelles, comme votre vie de famille ? Vous devez bien en avoir une, non ?

— Il n'en est rien dorénavant. Mon travail, c'est toute mon existence, révéla-t-elle avec regret. Je suis passée à côté de ma vie de femme, d'épouse et de mère. Quand je l'ai réalisé, il était trop tard...

Sous les étoiles françaises, la discussion s'éternisait. Évoquer le passé était ce qui les rapprochait le plus. L'un compatissait pour les épreuves subies par l'autre, et vice versa. De fil en aiguille, ils s'apprécièrent expressément, perdant tous deux, la notion fondamentale du temps.

Dans son bureau, chaque chose était à sa place. Au sein des dix-huit mètres carrés qui le composaient, aucune trace de poussière n'avait le temps de s'installer. Son vieil ordinateur des années deux mille dix était allumé depuis la veille, et surchauffait régulièrement, le surmenage ne l'aidant pas à se refroidir de manière adéquate.

Louise n'avait point dormi comme elle l'aurait souhaité, la faute à son manque de recul sur l'affaire délicate de *l'échéquiste fou*. De plus, sa journée ne commençait pas sous les meilleurs auspices. Tôt dans la matinée, son second frappa à sa porte avec force, porteur de nouvelles désagréables.

— Puis-je vous déranger un instant, Madame *Duchêne* ? dit-il d'un air désolé.

— Bonjour *Cyprien*, je vous en prie, asseyez-vous, lui intima-t-elle en désignant la chaise rudimentaire, en face de son espace de travail.

— J'ai de nouvelles informations à vous communiquer concernant votre deuxième priorité du moment.

— S'agit-il, une nouvelle fois, du *chuchoteur* ? questionna-t-elle avec crainte.

— Tout juste. La résidence principale de madame *Hornett*, située dans la banlieue chic de Toolo, a été incendiée dans la nuit, par trois individus non identifiés.

« *Le chuchoteur...* » répétait-elle dans sa tête en boucle, sans discontinuer. Encore une menace qu'elle et son équipe allaient devoir éliminer, au nom de la tranquillité universelle. Son dossier Interpol avait été mis de côté, à tort, lors des premiers jeux de l'ennemi public numéro un actuel. À l'inverse de son confrère criminel, fan d'échecs, *Thomas Rossi* était connu des services de police à travers le monde comme étant à la tête d'un vaste réseau, défiant toutes les lois mentionnées dans les divers codes existants, régissant la vie en société.

N'ayant jamais baissé sa garde, il était, depuis fort longtemps, insaisissable par la justice.

— Si je puis me permettre, Madame, pourquoi le surnomme-t-on ainsi ? demanda-t-il dans l'objectif de satisfaire sa curiosité morbide.

— *Rossi* est un ex-négociateur, devenu corbeau. Sa renommée provient surtout de l'art et la manière de faire chanter ses victimes. Il peut se montrer très convaincant.

Thomas avait bien compris qu'en inspirant la peur, il obtiendrait gain de cause en toutes circonstances. Comme promis, il ordonna à ses sous-fifres de faire le nécessaire pour anéantir mentalement *Elisa*, dans un premier temps, avant d'avoir l'occasion de lui briser les jambes, dans le second. Ses méfaits étaient reconnaissables à son logo, le « Murmure de l'Index », tagué sur les lieux mêmes du délit/crime, représentant un doigt faisant silence à quiconque souhaitant le dénoncer.

— Nous allons devoir lui annoncer la nouvelle... Je trouverai un moment pour le faire. Vous pouvez disposer.

Dylan Hornett était sur place, constatant les dégâts sur le pavillon de sa sœur. Il était au téléphone avec elle, déchirée par les événements successifs qui l'assaillaient de toutes parts. Entendre sa voix lui faisait du bien ; il était la dernière chose sur terre à laquelle elle s'accrochait encore.

— As-tu une idée de qui a bien pu te faire une chose pareille ? demanda-t-il, laissant couler les cendres, qui jadis étaient une poutre en bois soutenant la bâtisse, au creux de sa main.

— Il y a des années de cela, j'ai fait confiance aux mauvaises personnes, je ne t'en ai jamais parlé car j'avais honte. Sois tout ouïe, *Dylan,* ne t'approche jamais du *chuchoteur* ! Sous sa gueule d'ange se cache le murmureur du diable !

— Je ne suis plus un enfant, ma chère et tendre sœur, la rassura-t-il en jouant avec une pièce d'échecs noire entre ses phalanges. Je te donnerai de mes nouvelles aussi souvent que me le permettra mon agenda.

Ils raccrochèrent aussitôt, une fois les « à bientôt » prononcés. *Elisa* le savait, plus vite elle mettrait la main sur ces malades, plus vite elle reprendrait sa vie comme si aucune de toutes ses mésaventures n'avaient existé.

Tous se remirent à travailler, cette fois-ci, dans une entente plus légère. *Paavola* se méfiait toujours de son partenaire italien, mais il prenait sur lui pour ne pas le contredire systématiquement. La fameuse méthode du Finlandais reprenait son cours. Il ne manquait que le « qui », et surtout, le « pourquoi ».

— Maintenant que vous travaillez pour l'agence, je vais pouvoir vous révéler le contenu de la lettre envoyée par notre cruel assassin, après son premier « jeu », déclara *Louise* d'un ton calme.

Faire justice soi-même. Est-ce vraiment si punissable quand ladite justice d'un pays n'est plus efficace contre l'austérité ? Convaincu de ses convictions, *Emil* refusait de laisser se propager une telle façon de penser au sein du groupe.

— La parole nous distingue des bêtes assoiffées de violence, clama haut et fort le moustachu.

— La parole est un don, je suis d'accord. Mais les guerres parlent d'elles-mêmes. Les mots ne suffisent pas toujours à résoudre un conflit, renchérit *Davide* avec précaution, sans une nouvelle fois, froisser son interlocuteur.

— Vos deux visions se valent, Messieurs. Je dirais qu'il y a certaines circonstances aggravantes et atténuantes, dans chaque cas bien défini, qu'il faut prendre en compte pour adapter son comportement à la situation qui nous fait face, dit *Elisa*, en prenant pour exemple les jugements qu'elle avait rendus au cours de sa carrière, dans le pénal.

— Au diable votre vie professionnelle, Madame *Hornett* ! J'étais devant mon téléviseur quand *Koskinen* a été remis en liberté.

— Je vous interdis de me sermonner, Monsieur *Paavola* ! Vous ne connaissez nullement tous les tenants et aboutissants de cette funeste enquête !

— Et d'ailleurs, pourquoi donc vous avoir fait venir ici ? Vous n'êtes point enquêtrice !

— À ce sujet, je vous rétorque que cette idée vient de moi, réagit au quart de tour madame *Duchêne*. Son point de vue concernant l'affaire pourrait nous être utile. Tout comme celui de *Carmen* qui, je vous le rappelle, est médecin légiste.

Chapitre 5 : L'affaire Koskinen

Sur la terrasse d'un café, *Arthur* attendait patiemment son rendez-vous. L'été fut torride en cette belle année deux mille dix-huit. Les jupes raccourcissaient progressivement, tout comme les manches. Les jambes croisées, lunettes de soleil sur le nez et chapeau Stetson subtilement reculé sur l'os occipital – servant à cacher au mieux son début de calvitie – *Koskinen* arborait la tenue et l'attitude du parfait vacancier. Il profitait pleinement de l'air frais, lui qui avait vécu jadis, plusieurs années à l'ombre, entouré de quatre murs épais, d'un gris pâle, sans nuance.

Une silhouette à la taille de guêpe se manifesta sans s'annoncer et lui gâcha sa séance de bronzage à peine commencée. La jeune demoiselle, aux cheveux d'un blond magnifiquement doré, s'introduisit à lui sobrement, en commençant par son patronyme.

— Je suis *Miss Walheim*, je serai son porte-voix lors de notre entrevue.

— Enchanté, charmante demoiselle à la crinière dorée.

— Votre drague est assommante et vos yeux baladeurs, veuillez garder vos mains là où je peux les voir.

Une chose était sûre, le message était bien passé. Cette dame, d'un caractère à faire fuir n'importe quel homme peu habile dans l'art de la séduction, n'était pas venue pour perdre son temps avec de pareilles futilités. Elle sortit une photo de son sac et la glissa habilement sous la tasse à café de son locuteur.

— *Madeleine Sadowsky*, nomma-t-elle la personne sur le cliché, tout droit sorti d'un polaroid en raison de sa qualité vintage. Sous ses airs de parfaite nourrice se cache une tire-laine industrieuse, néanmoins sotte. Elle et quelques autres ex-membres du « Murmure de l'Index » sont des renégats depuis leur tentative de vol d'œuvres d'art en deux mille dix-sept, au musée de Bergen.

— S'attaquer à « lui » n'est assurément pas malin, confirma-t-il en buvant la dernière gorgée de son café corsé, devenu tiède. Soyez sans crainte, je ne laisserai aucune trace de mon passage.

Visiblement convaincue, *Walheim* se retira après un bref lever de menton adressé à l'homme qui, postérieurement, commettra l'acte le plus atroce de ces dernières décennies.

Il paya son addition comme un honnête citadin et partit en direction de sa voiture, laissée sur le trottoir d'en face, le cuir de son volant brûlant au toucher en raison du soleil ardent qui dominait les cieux, au beau milieu de l'après-midi. Au dos du portrait de *Madeleine* étaient écrites les mentions suivantes : nom, prénom, adresse postale et forfait en écriture grasse. Elle habitait non loin de là où il se trouvait. Trente minutes lui suffiraient à atteindre sa destination s'il venait à prendre l'autoroute.

Avant d'enclencher sa première vitesse, il vérifia si le chargeur de son pistolet SMITH AND WESSON, prenant la poussière dans la boîte à gants depuis sa sortie de prison, était prêt à l'action. L'ancien tueur de sang-froid, *Arthur Koskinen*, allait enfin reprendre du service.

La voiture était parquée et la maison cible en visuel. Le voisinage était calme. La porte de derrière était innocemment entrouverte, offrant l'occasion rêvée de pouvoir entrer sans grabuge. Du coin de l'œil, il pouvait l'apercevoir dans la cuisine, fredonnant une comptine pour enfants tout en lavant la vaisselle désordonnée.

Afin d'éviter toute éclaboussure de sang, qu'il serait difficile de nettoyer dans les rainures du carrelage mural, il rengaina son arme de poing, optant plutôt pour la ficelle de strangulation qu'il cachait habituellement dans sa longue manche gauche. Il était sur le point de lacérer sa gorge quand elle se retourna au moment décisif.

— QUI ÊTES-VOUS, QUE FAITES-VOUS CHEZ MOI ?! vociféra *Madeleine*, sur cet inconnu.

Par réflexe, elle trancha la joue de son agresseur avec le couteau à pain, encore parsemé de mousse. Elle profita alors de la confusion et de la douleur que subissait son assaillant pour fuir hors de son domicile et chercher une aide extérieure. Manque de chance, elle trébucha dans sa course précipitée et se cogna la tête contre un des quatre coins de la table basse du salon.

Koskinen, après s'être remis de ses émotions, et par souci du travail bien fait, défourailla une nouvelle fois son colt et visa sa glabelle.

— Personne ne vole *le chuchoteur*, âne bâté que tu es ! Je devrais te couper les mains, mais tu serais encore capable de chaparder avec les pieds ! dit-il à l'inconsciente, allongée sur le plancher.

Son doigt rigide était sur la détente, sur le point de remplir la mission qui lui avait été confiée. Inopinément, des bruits de pas se firent entendre sur sa droite. *Liam*, bambin de six ans, confié à cette femme véreuse par des parents imprudents, s'écroula lourdement sur le parquet. Avec sursaut, le coup était finalement parti à brûle-pourpoint dans sa direction et l'avait frappé en plein thorax. La glace qu'il espérait manger ne resterait qu'une vague envie non assouvie.

« J'aurais dû sécuriser les lieux... » se dit l'ex-détenu, pris d'une panique incontrôlable. Il prit le garçon dans ses bras pour tenter vainement de le maintenir éveillé. Il était trop tard, la mort l'ayant déjà emporté au royaume des défunts.

Une fois la rue inspectée et dégagée, il se précipita avec le petit dans les bras pour le coucher dans le coffre de sa BMW Série 5 E12, comme un vulgaire colis récemment récupéré dans un centre de stockage. Tuer des enfants ne faisait pas partie de son code de déontologie. Pour la première fois de sa vie, il ressentait une vive douleur à la poitrine ; son cœur était sanglé de regrets.

A l'abri des regards indiscrets, dans la réserve naturelle d'Haltiala, il déposa le fils *Benedict*, totalement nu, dans une fosse verdoyante, espérant que les animaux sauvages se délecteraient de son cadavre juvénile et effaceraient toutes traces de son existence. Les vêtements ensanglantés du pauvre supplicié étaient destinés à brûler, de la même façon qu'il le sera un jour, plongé dans l'enfer biblique tant épouvanté.

Toutefois, dans la brusquerie de ces événements fortuits, l'homme de main oublia un détail de grande importance : il était déconseillé de faire machine arrière sur le lieu de la turpitude. Malgré tout, *Arthur* voulait s'assurer que sa dormeuse ne s'était pas revitalisée. Si elle parlait à la police de leur rixe, son temps lui serait compté.

Sur la route du retour, *Thomas Rossi* lui-même lui passa un coup de fil, sûrement pour s'assurer du bon déroulement de la tâche qu'il lui avait été donnée d'accomplir.

— Qu'en est-il de notre fouteuse de trouble, *Arthur* ?

— Monsieur *Rossi* ?! questionna-t-il avec étonnement. Pour être honnête, j'ai merdé !

— Je n'attendais pas cela de vous, soupira-t-il dans le haut-parleur de son cellulaire à clapet. Votre séjour en cage vous a rendu faible et inefficace.

— Je retourne à l'adresse indiquée sur la photo, je terminerai ce que j'ai commencé !

— Inutile. Je vous demanderai simplement de faire profil bas pendant quelques temps.

— Comment ça, inutile ? Expliquez-vous, nom d'un chien ! Elle a vu mon visage !

— Elle ne dira rien aux forces de l'ordre car elle est elle-même sous mandat d'arrêt. Vous dénoncer ne fera qu'accélérer sa chute. Choisir... c'est savoir renoncer.

— Je ne vous ai pas tout raconté, Monsieur... Il y a eu un dommage collatéral...

— Je ne veux rien savoir de plus ! J'ai des contacts au sein même du palais de justice. Si toutefois vous êtes mis aux arrêts, nous vous ferons sortir de ce bourbier dans lequel vous nous avez tous concomitamment fourrés. Vous m'avez été chaudement recommandé par mon lieutenant, *Miss Walheim*. Il est clair que je ne peux me fier au jugement de ceux qui m'entourent. Ne faites aucune vague, *Arthur*, gardez votre mobile en état de marche, nous vous recontacterons dans les plus brefs délais.

Il ne recevait que très peu de visiteurs. *Rafaël* était de nature discrète, tout le contraire de son frère, plus extravagant qu'il ne le sera jamais. Sa surprise fut totale lorsque sa porte, à moitié rongée par les termites, se mit à trembler à l'improviste.

— Bonsoir, frérot... salua l'aîné, affaibli par sa dure journée. Tu te portes bien, on dirait !

— Que fais-tu à ma porte à une heure aussi tardive ? Tu es blessé ?!

— Une égratignure, rien de plus. J'ai besoin que tu m'héberges quelque temps.

— Je ne souhaite pas être mêlé à tes idioties.

— Écoute, *Raf*, je ne te dirai rien pour te préserver. Je ne resterai pas longtemps... je te le jure...

Pour le benjamin, le lien du sang était plus fort que tout. Son cœur prit la « raison » de force au cortex préfrontal ventromédian.

— Un mois maximum. Après, je te chasserai moi-même de mon logis. Ne reste pas sur le seuil, entre donc, *Arthy*.

Sur le plateau de télévision Yle TV1, le présentateur du journal du soir se préparait à recevoir *Éric Benedict*, père d'un enfant disparu, le regard hagard, perdu dans ses pensées les plus sombres. Quand la parole lui fut donnée, des spasmes commencèrent à le démanger.

— Nous ignorons ce qu'il s'est passé... notre enfant unique, *Liam Benedict*, a disparu. Nous avons appris par la police que sa gardienne, *Madeleine Sadowsky*, était activement recherchée pour tentative de vol en bande organisée dans la région de Bergen, en Norvège. Je l'admets avec douleur, nous aurions dû pousser nos investigations avant de confier notre unique bambin à cette dégénérée. Elle reste introuvable à ce jour, comme notre tout petit. Nous supposons qu'elle l'a kidnappé. C'est pourquoi je vous demande d'être, toutes et tous, à l'affût pour retrouver notre cher et tendre le plus rapidement possible, avant que malheur ne survienne.

Il souffla longuement pour reprendre ses esprits. Le noir dans lequel il se plongea en fermant les yeux l'aida à se concentrer davantage. Avant de conclure, il fixa la caméra principale clignotante, espérant qu'elle était en train de l'écouter, là où elle se cachait.

— Rendez-vous. Vous ne faites qu'aggraver votre situation.

L'année suivante, le coupable fut désigné grâce à des analyses sanguines réalisées sur le lieu du drame. Le mélange d'hémoglobine et de liquide vaisselle, tacheté sur la nappe de la cuisine et provenant de la joue sectionnée de *Koskinen*, le dénonça sans contestation.

Dans la salle d'interrogatoire, il invoquait son avocat à tort et à travers, refusant de répondre aux questions des enquêteurs chargés de l'affaire.

— Je vous le répète encore une fois, un enfant est toujours porté disparu ! Que fait votre ADN, votre sang qui plus est, sur les lieux de son évanouissement ?!

— Je n'ai rien à déclarer, Officier *Orava*. J'exige mon défenseur sur le champ !

— Votre premier séjour en cellule ne vous a pas servi de leçon ! Vous êtes toujours la même merde et le resterez pour l'éternité !

De rage, il claqua la porte, faisant trembler au passage la vitre sans teint, qui manqua de se décrocher sur le suspect taciturne.

Pour se changer les idées, *Oliver* se proposa de préparer la prochaine patrouille dans la périphérie de la capitale finlandaise. L'ambiance du commissariat avait le don de lui filer le cafard, surtout quand il n'obtenait pas les aveux qu'il exigeait.

— *Oliver*, vous serez en binôme avec *Levine*, indiqua le chef de poste d'une voix grave. Vous en profiterez pour vous rendre dans la forêt d'Haltiala. Beaucoup de randonneurs nous signalent une odeur putride... S'il s'agit, une fois de plus, d'un suicide par pendaison, contactez directement les pompiers. Ils vous aideront à décrocher le pauvre boug avec le matériel adéquat.

« Tout finit par se savoir un jour », disait un grand sage. *Liam Benedict* n'échappera pas à cette règle dans les prochaines heures. Les vers festoyaient dans sa chair, mais la vérité, elle, demeurait intacte.

Chapitre 6 : De vieilles connaissances

— **D**émarrons, si vous le voulez bien, Monsieur *Attila*, ordonna pacifiquement *Rossi* à son chauffeur personnel.

— Bien entendu, patron, acquiesça la vieille gargouille de soixante-treize ans, au volant d'une splendide berline allemande, une Jaguar XJ.

Les routes étaient glissantes mais dégagées. De sombres nuages noirs tournoyaient au-dessus des gratte-ciels de Manhattan en ce vendredi neuf octobre deux mille vingt.

Le paysage défilait, tandis qu'il le voyait sans vraiment le regarder. *Thomas* était inquiet, mais refusait de le montrer à qui que ce soit. Bon nombre de ses hommes de main – trente-deux pour être exact – basés au Portugal, avaient disparu mystérieusement dans des circonstances tout aussi énigmatiques. *L'échéquiste fou* l'avait, pour la première fois depuis son existence, frappé, à son grand désarroi.

Sa cravate était un peu trop serrée, et son costume trois pièces le grattait excessivement, mais qu'importe : l'élégance lui seyait au teint. « Les problèmes devront attendre, se confia-t-il, le gala, lui, n'attend pas ».

Son invitation pour la soirée privée qu'organisait l'un de ses partenaires « d'affaires », et camarade de longue date, était soigneusement pliée dans la poche de sa veste à fleurs, noire, en soie. Elle devait avoir lieu à l'intérieur d'un somptueux manoir, provenant d'un héritage familial, encerclé par une forêt de *Quercus Rubra*, en milieu rural.

Le portail en acier s'ouvrit une fois leur identité vérifiée, et une longue route en gravier les conduisit jusqu'à la cour intérieure. *Miss Walheim* était en avance, habillée d'une fastueuse robe dos-nu et coiffée d'un chignon formant une rose à l'arrière de sa tête.

— L'air américain semble vous faire le plus grand bien, ma chère, souligna son employeur en lui adressant ses salutations.

— Monsieur *Rossi*, c'est avec distinction que vous portez ce smoking, ajouta-t-elle en le scrutant de la tête aux pieds.

— Auriez-vous vu notre hôte, à tout hasard ?

— Je crois l'avoir aperçu discutant avec d'autres convives dans le hall d'entrée.

Il lui tendit le bras, comme pour l'inviter à parcourir le froid automnal en sa compagnie. Le buffet était immense et très convoité par les invités. Par-delà les bavardages, les bulles de champagne pétillaient à l'unisson.

Le rondouillard et actuel propriétaire, *William Diaz*, bouscula par mégarde *Rossi*, car il avait la sale manie de parler avec les mains et de ne jamais regarder ses alentours, en raison de sa morphologie protubérante.

— Oh, *Tommy* ! Mille excuses pour mon comportement déplorable ! Voilà qui me fait plaisir de te revoir !

— Bonsoir, *Will*, plaisir partagé. Je vous présente *Edith Walheim*, mon associée.

— Quelle charmante créature, enchanté *Miss*. Bienvenue dans mon humble chez moi, faites comme chez vous !

La fête battait son plein, sous une pluie battante qui surgissait de nulle part. Hors d'atteinte, dans un coin reculé du balcon surplombant la salle de réception principale, les deux Finlandais se mirent à jacasser abondamment.

— Comment avez-vous connu cet... homme ? demanda *Edith* avec légèreté, pour éviter de le comparer à un artiodactyle amphibie d'Afrique.

— Difficile de vous répondre. Ma mémoire me joue parfois de vilains tours. Toutefois, je me rappelle un événement en particulier le concernant.

En y repensant, il se mit à sourire, sans pouvoir se retenir, lui qui gardait en permanence le visage émotionnellement fermé.

— Nous étions dans un bar à Cuba pendant les années quatre-vingt-dix. Nous buvions sans prendre de gants, et faisions du vacarme sans en être conscients. Un homme s'approcha de *Will*, tatouages jusqu'aux sclérotiques, pour nous dire, je cite : « Fermez donc vos gueules les deux poivrots... »

— ...Je mis ma main sur son épaule, les yeux biglés, et lui vomis sur ses chaussures cirées, reprit *Diaz* en passant près d'eux en se badinant. Tu adores raconter cette histoire !

— La nostalgie d'une époque aujourd'hui révolue.

— Les temps changent, mon ami. Ils évoluent, et nous évoluons avec eux. Ainsi soit-il.

Sans transition, l'empâté invita son compère à le suivre dans sa bibliothèque personnelle, à l'écart de tout charivari. Entre deux rangées de bouquins, des tableaux d'artistes peintres connus étaient accrochés aux murs. Les émanations provenant de la décomposition chimique du papier embaumaient l'atmosphère, un plaisir que prenaient leurs nez à flairer.

— Alors, quelles sont les nouvelles du vieux continent ? interrogea *William*, en servant, dans deux verres « tumbler », l'un des meilleurs whiskys de sa collection.

— J'ai quelques embarras à gérer : une fonctionnaire corrompue, le clan *Sadowsky* et un tueur chevronné, rétorqua son interlocuteur, perdu dans ses pensées.

— Je suis informé au sujet de celui que l'on nomme *l'échéquiste fou*. Quel nom ridicule ! Les journaux états-uniens en raffolent.

— Il nuit à mon business... Quand je découvrirai celui qui se cache sous cette appellation, je lui ferai boire la coupe jusqu'à la lie ! promit avec ardeur *le chuchoteur*.

— Je n'en doute guère, mais pour l'heure, trinquons !

Les boissons se mélangeaient traditionnellement d'un verre à l'autre. D'une traite, les gosiers étaient imbibés, prêts à accueillir la deuxième salve.

Au même moment, quelque part en Europe, les mercenaires précédemment volatilisés dans l'ouest de la péninsule ibérique s'affrontaient sur le plateau. Ils inauguraient au passage le quatrième jeu sanglant de l'aliéné de génie.

Certaines caboches avaient explosé en raison de la non-participation de certaines fortes têtes. Le test du nouveau dispositif cousu à même la nuque était un succès. Dorénavant, il utiliserait son nouveau bijou, confectionné de ses mains, lors de ses prochaines mises en scène sanguinolentes.

— Tour D8 ! annonça le roi blanc adverse, donnant alors le coup de grâce à son adversaire, qui fut pris au piège par le mat du couloir.

Des applaudissements se faisaient entendre dans la pénombre alors que l'organisateur s'avançait, colt en main.

— Échec et mat ! Nous avons un vainqueur ! dit-il en exécutant une à une les dernières pièces noires encore en lice, d'une balle bien placée dans l'abdomen.

Il était là, devant le vaincu apeuré, un masque vénitien d'un noir ébène, en forme de bec, couvrant son visage. Son long pardessus brossait le sol, parsemé de taches de sang encore fraîches.

— Tu vas me dire tout ce que tu connais sur *le chuchoteur*. Plus vite tu parleras, moindre sera ta souffrance, lui promit-il en lui laissant un pion clair, symbole de sa défaite, sous ses yeux larmoyants, pleins de peur et de désespoir.

Chapitre 7 : Le « pourquoi » du « comment »

— **N**ous ne tenons pas cette histoire par le bon bout, affirma *Carmen*. La cause et la conséquence sont étroitement liées, comme les deux faces d'une même pièce.

L'Espagnole adorait les jeux de réflexion. Après tout, apprendre et désapprendre faisaient partie de l'apprentissage.

— Nous n'avons pas encore évoqué l'autopsie. Le médecin légiste, chargé du premier jeu, n'a rien trouvé d'exploitable sur les macchabées mais... peut-être en est-il autrement pour l'experte que vous êtes ? sonda *Paavola*, espérant trouver plus d'indices grâce à sa consœur de l'ouest européen.

Elle sortit un porte-documents rédigé dans sa langue natale, daté d'aujourd'hui même, et le déposa sur la table principale d'un geste conquérant. En public, elle dévoila son travail, fière d'avoir le sentiment d'être en avance sur le reste du groupe.

— Les incisions sont hésitantes et irrégulières d'un mort à l'autre. De plus, les pions retrouvés sur les trois scènes de crime ne sont pas tous de la même couleur.

— Nous l'avions tous constaté, c'est évident, mais en quoi cela nous aide-t-il ? balbutia *Fianchetto*, visiblement confus.

— Je me suis penchée sur la dépouille de *Koskinen*, lui, a subi un tout autre sort. Les coupures sont plus profondes, plus précises. Il s'est fait torturer, c'était personnel. En ce qui concerne les pions, ceux-ci ne sont que pure fantaisie, à mon humble avis. Ils font office de signature, mais peut-être servent-ils aussi à honorer la couleur gagnante du jeu précédent.

La spéculation était sensée, comme toujours venant de madame *Riviera*. Les pièces du puzzle, autrefois aux quatre vents, s'emboîtaient les unes après les autres, bien qu'aucun suspect ne soit clairement désigné.

Pourtant, *Elisa* en savait plus. Elle se rappela la conversation qu'elle avait eue avec *le chuchoteur*, qui lui demandait explicitement de désigner *Arthur* non coupable lors de son procès qui se tenait au début de l'année. Elle ne croyait pas *Rossi* être le meurtrier aux multiples coups d'avance, à moins, bien sûr, de jouer un double jeu. L'un s'exhibait en pleine lumière, tandis que l'autre agissait dans les ténèbres. Leurs méthodes n'étaient pas les mêmes, leurs victimes n'avaient pas non plus les mêmes profils. Toutefois, un lien subsistait.

Par crainte, elle n'en dit mot à son équipe. Si *Rossi* était mêlé à cette histoire, elle le serait également. « Mentir en valait-il la peine ? » se demanda *Elisa*, hésitante. Devait-elle mettre en péril sa carrière pour protéger un anti-héros, qui plus est, adulé par le peuple pour avoir débarrassé les rues des criminels en tout genre ?

— Reprenons l'ordre chronologique des événements, voulez-vous ? proposa *Duchêne* à l'assistance. En novembre deux mille dix-neuf, *Koskinen* a été arrêté par la police et a été jugé en janvier de l'année suivante. Le huit avril, *l'échéquiste fou* fit son apparition et le cibla instantanément.

— Rappelons également que son jugement sera largement médiatisé ! L'indignation était totale ! Sur plus de cinq millions de Finlandais, n'importe qui aurait pu assouvir sa soif d'injustice à la simple écoute du verdict final, assura *Davide*.

— Sur plus de quatre cent quarante-huit millions de citoyens, vous voulez dire ! L'Europe entière a été victime de ses amusements intimes. Le coupable peut être Français, Italien, Finlandais, et cetera... Nous devrions établir un lien entre tous les malfrats, sectes, organisations criminelles... que peut compter l'UE et les quatre virgule deux millions de kilomètres carrés qui la composent. Rétrécir notre zone de recherche devrait être notre priorité ! proposa *Emil*, possédé par l'excitation.

Pour en arriver à un tel résultat, l'objectif était clair. Pourquoi *Arthur* était-il si important aux yeux de son tortionnaire ? Cette question hantait *Louise*, sachant qu'en y répondant, le chemin de la vérité s'ouvrirait à elle d'un claquement de doigts.

Quelques jours plus tard, de nouvelles dépouilles furent retrouvées aux abords de la côte, dans la petite ville côtière de Nazaré. En s'y intéressant de plus près, *Cyprien* exultait de sa découverte inédite et déboula dans le bureau de sa supérieure hiérarchique en furie, annonçant avoir une piste sérieuse sur l'identité de l'assassin. Sa spontanéité fut telle qu'il en oublia les commodités.

— Madame *Duchêne* ! s'écria-t-il.

— Mais enfin, Monsieur *Cesnok* ! Veuillez frapper avant de pénétrer dans mon cabinet, je vous prie !

— Pardonnez mon intrusion... mais je dois vous voir impérativement.

— Je vous aurais déjà pendu par les pieds en place publique si votre impertinence avait eu lieu dans un état barbare ! Le pays des droits de l'Homme vous sauve pour cette fois... qu'en est-il alors ?

— Un quatrième jeu a eu lieu ! Tous sont des hommes appartenant au clan *Rossi*. Leurs tatouages, le « Murmure de l'Index », identiques à celui retrouvé sur la maison calcinée de la juge *Hornett* à Toolo, ont été identifiés dans le dos de chacun d'entre eux !

— Voilà qui nous donne une énième raison valable, auprès du procureur de la République, pour interroger notre suspect numéro un, à une heure non conventionnelle. Trouvez-le ! Qu'importe l'endroit où il se cache, nous le traquerons jusqu'à obtenir satisfaction ! De sa bouche, nous finirons peut-être par comprendre le pourquoi du comment.

Chapitre 8 : Une tout autre version de l'histoire

C'était comme chercher une aiguille dans une botte de foin, une tâche presque impossible. *Thomas* était partout sans être nulle part. Ses contacts le couvraient en permanence, tous autant qu'ils étaient. Ce contexte exaspérait au plus haut point les inspecteurs qui, comme des voyageurs dans un désert de sable en plein mois d'août, avaient soif de certitude. La gourde était vide, les oasis inexistantes. Une lueur, cependant, comme un mirage au loin provoqué par la chaleur ardente sur la tête d'un pauvre fou déshydraté, fit son apparition.

— Allô ? Madame *Hornett* ?
— Elle-même, qui la demande ?
— Je ne préfère pas me présenter au téléphone. Je vous propose de nous rencontrer dans un endroit bondé. Le café Diploid, dans trente minutes.

Elle raccrocha sans attendre.

La décoration naturelle et rustique du lieu de rendez-vous lui rappela l'odeur caractéristique du pin sylvestre. Naturophile depuis l'enfance, elle adorait jardiner et cueillir les fruits de son dur labeur quand la saison s'y prêtait. Son café latté était déjà sur table, décoré d'une époustouflante fleur de lait en son centre. Néanmoins, *Elisa* n'eut guère le temps d'apprécier sa petite douceur en solitaire. Quand elle vit son rencard, elle ne put s'empêcher de sourire.

— Votre perruque laisse entrevoir votre chevelure naturelle, très chère ! gloussa-t-elle en tentant de cacher la mèche rebelle de sa jeune et mystérieuse rencontre.

— Merci... Dois-je en conclure que vous m'avez reconnue sous ce déguisement pitoyable ?

— Non, j'ignore qui vous êtes et ce que vous me voulez.

— Je suis *Madeleine Sadowsky*... Je devais vous voir de toute urgence, j'ai des informations qui pourraient vous être utiles.

Le visage de la juge se décomposa. Elle se trouvait face à l'un des témoins/suspects clés de l'affaire *Koskinen*. Son cœur se serra en subissant l'afflux massif d'adrénaline que son corps produisait à un rythme effréné.

— Que diable faites-vous à Lyon ? Dois-je vous rappeler que vous avez un mandat au-dessus de votre tête ? Je m'en vais vous signaler sur le champ ! dit-elle en bondissant de son siège inconfortable en forme de souche d'arbre.

— *Rossi* ne vous lâchera pas... j'en sais quelque chose, formula-t-elle calmement en lui montrant son tatouage dorsal.

— Vous êtes... ?!

— Non, depuis ma vaine roublardise norvégienne, j'ai quitté les rangs de ce cloporte impitoyable, dit-elle le visage affichant l'expression du dégoût pour elle-même.

— Comment avez-vous eu mon numéro de portable ?

— Je vous connais depuis bien longtemps... depuis deux mille dix-sept pour être la plus précise possible. Le conducteur du van de Las Vegas... c'était moi.

Les premiers flocons tombèrent du ciel, accompagnés d'un vent glacial soufflant sur l'hexagone. Dans le vaste parc de la Tête d'Or, datant du XIXe siècle, le lac était devenu le refuge de moult canards et autres volatiles, poursuivant l'ablette devant les promeneurs émerveillés par leurs technicités et ingéniosités de pistage. *Elisa* et *Madeleine* marchaient côte à côte, le long de la berge, évoquant certaines zones d'ombre du passé et leurs nombreux points communs qui les liaient à un ennemi conjoint.

— Vous étiez la nourrice de *Liam*, que s'est-il passé ce jour-là ?

— Je me suis fait attaquer par *Arthur* dans la cuisine... En prenant la fuite, j'ai glissé sur une tractopelle miniature laissée en désordre sur le sol par le petit *Benedict*, puis, le trou noir...

— Vous n'étiez donc pas une kidnappeuse d'enfant ?

— Bien sûr que non, *Éric* et *Frida* me faisaient confiance !

« La vérité blesse », disait-on. La remise en liberté de *Koskinen* était bien une erreur...

Elisa s'en voulait de ne pas avoir tenu tête à son bourreau le jour où elle reçut comme consigne de le relâcher en pleine nature sans émettre de contradictions.

— Depuis notre tentative de vol au musée de Bergen, édifice public dont le propriétaire est nul autre que *Rossi* lui-même, j'ai tâché de me racheter une « conscience », pensant que recommencer de zéro me permettrait de laisser derrière moi mon passé d'ex-membre du « Murmure de l'Index ».

— Vous vous trompez... Le musée est au nom d'un riche homme d'affaires grec : *Didymos*.

— C'est un pseudonyme. Didymos désigne le terme « jumeau », en grec ancien, tout comme *Thomas*, dont l'étymologie est « jumeau » en araméen.

— Mais alors... comment expliquez-vous l'avis de recherche, trônant comme une épée de Damoclès, au-dessus de votre crâne ? la cuisina-t-elle, levant les yeux au ciel.

— Rien de plus facile... Il a porté plainte au service de police le plus proche. Aucune âme berguénoise ne se doutait de son identité.

S'attaquer au musée, c'était s'attaquer à la ville entière. L'opinion publique était défavorable à notre égard, bien qu'aucune peinture ni sculpture ne soit la propriété exclusive de la capitale du comté de Vestland. Revendre sa collection nous aurait permis de fuir sans jamais nous retourner.

— Mais vous avez quand même tenté votre chance d'esquiver votre passé en vous occupant de *Liam*... Pourquoi ?

— L'amour perfide... Il nous pousse à faire des choses stupides...

Furtivement caché dans les buissons le long de la promenade, le clan *Sadowsky* les observait. Cette entrevue n'était pas un danger en soi, mais sait-on jamais. L'employée de justice avait une bonne vue, comme l'œil surdimensionné d'un faucon pèlerin, survolant majestueusement les cieux à la recherche de sa prochaine proie, bien qu'elle pût être éloignée à des kilomètres de son prédateur naturel, la salive dégoulinant au coin de son bec aiguisé.

— M'avez-vous tendu un guet-apens, *Madeleine* ?

— Non, affirma-t-elle avec assurance. Nous ne relâchons pas notre vigilance. Nous nous protégeons les uns les autres du *chuchoteur*, de *l'échéquiste fou* et bien évidemment, de vous. La prévention prime sur la guérison. La confiance se mérite, elle ne se donne pas. Sur ce, nous ne tarderons pas, notre route de retour est longue. Voici mes coordonnées, faites-en bon usage.

Dans leur repaire, cachés dans une cabane délabrée perdue dans la périphérie de la ville d'Oulu, *Luc Magarde*, le plus jeune du groupe *Sadowsky*, était inquiet. Dans un coin reculé du canapé trois places avec méridienne, endommagé par l'usure du temps, il s'interrogea avec *Jill* sur la pertinence de leurs actions. Prendre contact avec un membre d'Interpol allait peut-être provoquer leur perte à tous.

— Nous nous sommes exposés... Le temps joue contre nous, dit-il, son regard inquiet se posant sur Jill, cherchant du réconfort.

— *Madeleine* sait ce qu'elle fait. *Luc*, tu as besoin de repos... comme tout le monde.

— NON *Jill* ! Je ne peux dormir, les charognes grognent dehors, et attendent, les griffes déployées. Ne les entends-tu pas ?

— Depuis Bergen, nous vivons cachés... Ce n'est pas une vie ! Des têtes tomberont dans les prochains mois, qu'à cela ne tienne si c'est la mienne qui finit sur une pique !

— *Madeleine* a essayé de vivre sa « vie » honnêtement deux ans plus tôt. Regarde le résultat ! C'est pire qu'avant.

— Nous nous soutiendrons, comme nous l'avons toujours fait, coûte que coûte. Ne fais pas de bêtise sous prétexte que tu es impatient ou en colère. Tu risques de tous nous faire arrêter... ou pire.

Luc fronça les sourcils mais reconnut par sa bonne foi que son amie faisait preuve de jugeote. Son calme olympien le rassura immédiatement. Sans en rajouter, il partit s'isoler sans demander son reste, cherchant à s'occuper comme il put en attendant le retour de *Madeleine*, constamment en vadrouille pour sortir son équipe de la panade.

Chapitre 9 : Introuvable

Les visiteurs, majoritairement étrangers, venus pour la plupart en famille, furent surpris par l'intervention policière éclair dont l'organisation internationale de police criminelle fit preuve. En l'espace de quelques instants, le musée norvégien fut encerclé par des fourgons blindés venus interpeller le propriétaire, monsieur *Didymos*, aka *Thomas Rossi*, grâce aux indications de *Madeleine*, fournies gracieusement quelques jours plus tôt.

L'étau se resserrait inexorablement à l'approche des fêtes de Noël. Sans stupéfaction, il était introuvable. Toutefois, la totalité du butin saisi était à la hauteur des moyens déployés pour le capturer.

— Ils sont tous authentiques, affirma l'expert, venu évaluer la marchandise.

— Ce n'est pas le meilleur scénario que nous avions envisagé, mais ça suffira à le mettre en rogne, jubila *Louise* en se frottant les mains machiavéliquement.

L'homme âgé, prétendant être le conservateur de l'endroit, se présenta à la directrice des opérations, menottes aux poignets. Inhabituellement, il ne montrait aucun signe d'anxiété. Comme un magicien professionnel ayant exercé sa magie sur scène devant des milliers de spectateurs, il attendait et cachait son jeu jusqu'à détecter le moment adéquat pour révéler son tour de passe-passe.

— Nom et prénom, je vous prie, lui ordonna *Duchêne*.

— *Attila Robert*, lui répondit-il lentement et distinctement.

— Monsieur *Attila*, qui est votre employeur ?

— Monsieur *Didymos*, tout le monde ici le sait, assurément.

— Mascarade ! Je veux l'entendre de votre propre bouche, alors, je vous le répète : qui est votre employeur ?!

Il ne répondit pas du tac au tac. Mentir ne servirait à rien, feindre l'ignorance, encore moins. Il se plongea dans son regard quelques minutes, avant de s'esclaffer de l'absurdité de la question. Humiliée par tant de moqueries, *Louise* l'embarqua dans un des véhicules barreaudés, sans tarder.

Dans sa cellule insalubre, gaugée d'un mélange d'excréments et d'urine laissé là par les précédents locataires, le vieil homme exigea de parler à la magistrate finlandaise, à l'abri des regards indiscrets. L'occasion était trop belle pour lui soutirer davantage d'informations ; sa demande fut alors agréée par la direction.

Dans la salle d'interrogatoire, le vieillard attendit sa correspondante en tapotant la table en métal devant lui, avec le bout de ses ongles jaunis par des années de tabagisme. Quand la porte fut ouverte, *Robert* ne put s'empêcher de s'exclamer :

— Ah ! Madame *Hornett*, un instant, j'ai cru que vous m'aviez posé un lapin !

— Que me voulez-vous, Monsieur *Attila* ? Je vous prie d'être bref, du travail m'attend.

— Oh oui, bien sûr ! Je comprends votre empressement. Mmh voyons voir... ce que je veux... la liberté, peut-être ?

— Vos singeries n'amusent que vous, soutint-elle d'un air grave et solennel.

L'aîné grisonnant la regarda fixement, sans un mot. Sa mine avait changé instantanément, comme celle d'un médecin radiologue se préparant à annoncer le temps qu'il restait à vivre à son patient malade, venu pour un simple contrôle de routine.

— Très bien, je vais tâcher d'être plus clair, dit-il en se redressant sur sa chaise. *Le chuchoteur* vous avait dans sa ligne de mire pour le cas de *Lorenzo Triniti*. Visiblement, les représailles sur vos biens matériels ne vous ont pas servi de leçon.

— Sachez, Monsieur, que je n'ai pas de « leçon » à recevoir de qui que ce soit.

— Il est toujours difficile d'apprivoiser un cheval sauvage... mais croyez-moi... dans deux heures, au maximum, je serai dehors.

— Vous bluffez !

Le vieillard rabougri ne s'était pas soudainement transformé en devin.

Au même endroit, deux heures et demie plus tard, c'était *Hornett* qui était assise en face de *Davide*, à la place de l'interrogé. L'Italien ne comprenait pas son geste. Pourquoi donc se compromettre, pour un homme à l'apparence inoffensive ? Il resta calme tout au long de l'entretien.

— Bon... soupira *Fianchetto*. Qu'est-ce qui vous a pris ?

— Je... je n'ai pas eu le choix...

— J'aimerais vous aider, mais je ne peux deviner vos tourments. Dites-m'en plus.

Ses sentiments lui avaient développé un mutisme sélectif foudroyant. Elle éclata en sanglots, incapable de se retenir plus longtemps.

— *Elisa*... je vous en prie... je suis là pour vous aider.

— Mon F-frère... *D-dylan*... ils le retiennent !

Le chantage qu'elle avait subi était trop fort à supporter. Pour garantir la survie de son frangin, elle devait agir, quitte à transgresser ses propres principes moraux.

— J'ai l-libéré cette raclure au nez et à la barbe de tous... j'aurais dû vous en parler...

mon geste est impardonnable, je suis prête à en subir les conséquences...

— Impardonnable, certes, tolérable, sûrement. Nous chercherons *Dylan*, et nous le ramènerons en lieu sûr, soyez-en certaine.

L'année deux mille vingt-et-un ne commençait pas sous de meilleures conjonctures. Les semaines défilèrent à vitesse grand V, sans qu'aucune nouvelle ne soit transmise par les ravisseurs du jeune homme. L'espoir de le revoir sain et sauf, contenu dans la boîte de Pandore, inviolable jusque-là, semblait difficilement palpable.

Le douze février était une date à marquer d'une pierre blanche. En effet, un visiteur surprise fit son apparition, les mains sur la tête, à l'accueil du commissariat. Revoir *Robert* aussi docile et silencieux n'était pas exempt de diverses suspicions. Sa reddition volontaire soulevait de nombreuses interrogations, que la fine équipe d'Interpol espérait résoudre en moins de deux. *Paavola*, chargé comme une pile, commença les hostilités.

— J'aimerais bien être heureux de vous revoir, cependant, je me contenterai d'en être satisfait.

— Croyez-moi, ce n'est pas de gaieté de cœur que je me suis jeté dans la gueule du loup, dit-il d'un air inquiet.

— Tiens, vous abordez le sujet, c'est parfait. Que pouvez-vous m'en dire ?

Aussitôt, il fouilla dans sa poche de veste, d'un calme troublant.

— Il semblerait que nous ayons maintenant un problème commun, révéla-t-il en présentant sous les yeux de l'inspecteur, un pion d'échecs de couleur rouge sang.

L'échéquiste fou avait, dorénavant, deux coups d'avance. Deux coups portant les noms suivants : *Thomas Rossi* et *Dylan Hornett*. Grâce aux informations qu'il avait obtenues lors de ses interrogatoires musclés, *le chuchoteur* n'avait plus de secret pour son preneur d'otage. Le connaître, lui, et tous ses secrets, n'était qu'une étape de plus pour ce qui était en train, secrètement, de se préparer.

Chapitre 10 : *Le savoir, c'est le pouvoir*

Dans l'obscurité, bâillonné et ligoté fermement, *Thomas* se demandait où il se trouvait. Il ne voyait rien et n'entendait aucun son provenant de l'extérieur ; il était comme isolé. L'insaisissable criminel qu'il était ravalait sa fierté, en dépit de son statut d'homme vaincu. Dans son dos, une lame chaude lui effleura la nuque, accompagnée d'un rire méconnaissable.

— Vous savez vous faire désirer, Monsieur *Rossi*, dit l'inconnu, le visage caché par un masque plumé, semblable à ceux utilisés en période de carnaval.

Il lui enleva le bout de tissu de la bouche, avant de lui planter son canif dans la cuisse. Il tourna le manche délicatement et prit plaisir à entendre la chair de son ennemi se gorger de sang. La douleur fut si intense qu'il cria à s'en casser la voix.

— Rassurez-vous, votre heure n'est point venue. Je tâcherai de préserver vos artères.

— RAAAAH ! VOUS ÊTES QUI BON DIEU ?!

— Quelqu'un qui vous connaît bien. Par ailleurs, vous devriez choisir vos collaborateurs avec plus de parcimonie. Ils ont tendance à avoir une langue bien pendue. J'ai attendu pendant plus d'un an pour que ce jour existe enfin... Ne faites pas le difficile ; ce serait gâcher l'instant.

Les halètements du blessé se faisaient de plus en plus bruyants. Ses yeux se révulsaient au fur et à mesure que l'évanouissement le guettait.

— Nous allons jouer à un jeu. À chaque mauvaise réponse donnée, j'enfoncerai le tranchant le long de votre fémur.

— Contrairement à mes larbins, je n'suis pas une balance !

— Nous verrons ce qu'il en est quand vous me supplierez d'arrêter. *Madeleine Sadowsky*, où est-elle ?

La patience de l'anonyme fut mise à rude épreuve ; le supplicier était tenace. Ce dernier écarquilla les yeux d'étonnement.

— Je la cherche aussi... Nous avons eu un différend, j'ignore précisément où elle se cache.

— Mais vous en avez une vague idée... n'est-ce pas ?

Son rictus ne put cacher l'évidence. « L'ennemi de mon ennemi est mon allié » se remémora-t-il en boucle dans son esprit tortueux. De ce fait, il n'eut pas la moindre hésitation à dévoiler ce qu'il savait déjà. Peut-être allait-il le libérer, peut-être allait-il prendre la décision de prolonger sa vie ? Il n'espérait pas d'embrassade ; il se voyait déjà le quitter en le remerciant chaleureusement de ne pas l'avoir trop amoché. Il en fut tout autrement.

— J'ai un contact à l'intérieur même de sa petite bande ridicule. Trouvez *Luc Magarde*, il vous dira où cette saligaude se terre.

— Si *Magarde* est l'un des siens, pourquoi la trahir ?

— *Madeleine* a pris contact avec *Hornett* depuis plusieurs semaines... Eux et Interpol vous font maintenant front commun. *Luc* n'appréciait pas cette décision et craignait de finir ses jours en prison. Il s'est donc naturellement tourné vers moi, m'implorant la protection qu'il rejetait jadis.

Thomas se pencha légèrement à l'oreille de son questionneur et lui murmura tendrement :

— Faisons équipe, vous et moi. Je vous laisserai mener votre guérilla comme il vous plaira... Je vous accorderai un accès total à mes ressources... Qu'en dites-vous ?

D'un coup sec, *l'échéquiste* retira le couteau sanglant de sa jambe, sans prévenir, l'essuya sur la joue du persécuté, puis se retourna en direction de la sortie. Avant de continuer l'interrogatoire, le masqué le regarda par-dessus son épaule droite avant de proférer des menaces.

— Je n'ai que faire de votre parole. Vous paierez pour vos crimes. Puisque vous aimez tant vous sentir supérieur aux autres, je vous couronnerai et vous deviendrez roi... le temps d'un jeu.

Dylan, lui, ne distinguait guère plus son environnement. Son traitement avait été léger en comparaison à celui de son ex-oppresseur tombé en disgrâce. Son cœur battait de bon train et sa respiration était saccadée ; pourtant, il demeurait calme et patient. Toutes ses péripéties l'avaient énormément fatigué. Quand *l'échéquiste* lui fit face, quelques minutes plus tard, il ne trembla pas et le regarda sans faiblir. Les yeux du jeune *Hornett* brillaient d'admiration.

— Je devrais être effrayé... mais sachez que vos actions m'ont inspiré. Vous combattez le mal, c'est une bonne chose, affirma-t-il avec conviction.

— Pauvre ignorant... le chemin que j'ai emprunté n'a fait qu'étendre ma souffrance, se confia-t-il. La vengeance est une voie sans issue.

— Vous vengez ? De qui et de quoi ?

— Quand le moment sera venu, le masque tombera, dit-il en s'accroupissant face au jeune homme.

Ses yeux bleus, tachetés de vert émeraude, déstabilisaient l'inconnu camouflé. Son regard perçant lui fit couler une larme de tristesse, immanquablement. Afin de préserver sa crédibilité, il se redressa aussitôt, et lui tourna le dos.

— Votre sœur... que pouvez-vous m'apprendre sur elle ?

— C'est une force de la nature, toujours prête à donner sa vie pour me protéger.

— Qu'il en soit ainsi. Vous incarnerez les tours, prêtes à se défendre l'une l'autre.

— Pourquoi devrais-je subir vos desseins ? Je ne vous ai rien fait ! cria-t-il de tout cœur, cherchant à se libérer de ses liens en se dandinant frénétiquement comme un poisson hors de l'eau.

— Vous semblez ignorer bien des choses. *Elisa* ne vous a-t-elle rien avoué ?

— Que devrais-je savoir de plus à propos de ma sœur ? Crachez le morceau ! Vous en avez dit assez pour éveiller ma curiosité.

Ses zygomatiques apparaissaient progressivement, déformant les plis de ses yeux, à peine visibles derrière son faux-semblant. La discussion avec *Thomas* fut plus enrichissante qu'il ne l'avait espéré, bien qu'elle fût plus longue que prévu.

— Voyez-vous, mon cher, la juge semble faire partie de ces nombreux corrompus qui peuplent le service public. Lors du jugement d'*Arthur Koskinen*, elle reçut comme instruction de libérer le meurtrier. Ce qu'elle fit.

— Où voulez-vous en venir ? s'impatienta le jeune homme enchaîné.

— J'ai eu, par l'intermédiaire de notre ami *le chuchoteur*, après de longs brouhahas caractéristiques d'une vive douleur, confirmation que cet ex-voyou n'est autre que le meurtrier d'un enfant sans défense. Par conséquent, elle demeure complice.

Rossi avait tenu trois heures sous la torture, lorsque *Koskinen* n'eut tenu que trente minutes. Il en savait suffisamment pour comprendre que la police était tout aussi coupable que cet odieux monstre. L'étape suivante était ostensible. Il fallait donc qu'il frappe un grand coup. Des idées farfelues lui traversaient l'esprit sans discontinuer, mais il opterait pour la simplicité. Après tout, rien ne vaut un bon appât pour tous les regrouper, au même endroit.

Chapitre 11 : Un loup parmi les brebis

— *Luc*, arrête de creuser ta tranchée et viens t'asseoir ! lui suggéra *Jill*, inquiète de l'état de santé de son ami. Tu vas finir par me donner le tournis.

C'était plus fort que lui. Ses TOC reprenaient le contrôle sur son subconscient. A chaque dose de cortisol produite par ses hormones, au moindre pic de stress, il ne pouvait s'empêcher de tourner en rond, le regard vide. *Madeleine* l'observa en tapinois et se pencha furtivement à l'oreille de sa camarade.

— Pourquoi est-il autant préoccupé ? T'a-t-il fait part de ses pressentiments ?

— Je pense qu'il évalue son avenir comme incertain. Imaginer le pire des scénarios est sa spécialité. Son pessimisme est l'un de ses plus gros défauts.

Une grande expiration plus tard, il décida de prendre l'air, fraîchement refroidi par le souffle matinal septentrional. Il attendait, au milieu des conifères, avec impatience, l'appel que lui avait promis *Thomas* avant de se faire capturer par *l'échéquiste fou*. « Dis-moi où elle se trouve et je te cacherai des autorités » qu'il disait... « Encore des mensonges » pensa-t-il, déçu de lui avoir, une nouvelle fois, fait confiance aveuglément.

Afin d'obtenir des réponses au sentiment de trahison qu'il croyait subir, il dégaina son cellulaire comme s'il s'agissait d'un revolver, à la façon d'un cow-boy en plein duel à mort, devant le saloon, sous les regards inquiets des riverains à couvert d'une balle perdue. La tonalité sonna aussitôt.

— Monsieur *Attila*, *Magarde* au bout du fil. Puis-je savoir ce qu'il se passe ? dit-il à voix basse.

Au même moment, dans les locaux d'Interpol, *Paavola* lui tendit son portable et l'intima à jouer le jeu, avec pour consigne de ne pas révéler la nature de son incarcération, ni d'évoquer les personnes qui l'entouraient, sous peine de représailles.

— Monsieur, j'espère que votre appel est d'une importance capitale...

— Votre chef n'a pas daigné me recontacter, a-t-il changé d'avis sans m'en tenir informé ?

— Notre offre tient toujours, disons que monsieur *Rossi* n'est pas disposé à vous accorder du temps.

— *Sadowsky* se trouve dans un cabanon au sud-est de la ville d'Oulu, aux abords de la rivière qui porte son nom. Trouvez le petit îlot Kokkosaari. J'ai rempli ma part du marché, à vous de faire le nécessaire pour me sortir de là.

Il raccrocha en se retournant vers la porte d'entrée et leva les mains en l'air lorsqu'il vit le bout d'un canon chargé, pointé dans sa direction.

— Ça, pour une surprise... soutint *Madeleine*, désolée de ce qu'elle venait d'entendre, les yeux rivés sur sa cible, son index chatouillant délicatement la détente.

— *Jill*... l'interpella-t-il, sans détourner le regard. J'ai parlé avec *le chuchoteur* ! Nous allons reprendre le cours de nos vies, mais tu vas devoir me faire confiance !

— Pauvre imbécile ! *Attila* est aux mains d'Interpol. Quant à *Rossi*, il est introuvable depuis début février ; je viens d'en avoir la confirmation pendant ton petit bol d'air frais ! souffla la cheffe du petit groupe, maintenant divisé. Retourner sa veste pour l'ennemi que nous avions nous-mêmes entourloupé... quelle hérésie !

— Tu viens de révéler la position de notre planque à la police. Je t'avais pourtant prévenu que *Madeleine* avait la situation bien en main... déplora *mademoiselle Moussa*, sa main frappant vigoureusement son front d'agacement.

Qu'il ait un flingue sur la tempe n'était pas son principal souci. *Luc* se sentit stupide et intensément seul. Cette démonstration d'âneries sans interruption n'eut de cesse de le tourmenter.

— Dois-je en conclure que cette bonne-femme t'a mise au courant de toutes ces informations, ô combien croustillantes ? À quel moment allais-tu donc nous mettre au parfum ?

Faire confiance à la juge *Hornett* était, visiblement, un meilleur pari que Luc ne l'eût été.

— Je ne peux mieux te l'affirmer. Quand tu as appelé cette crevure d'*Attila*, *Elisa* m'a contactée concomitamment à ton petit échange perfide. Dès lors que je t'ai vu dehors, l'oreille scotchée à ton appareil, j'ai su...

— Tu ne me tueras pas, tu n'en as pas le cran.

— Tente-moi, benêt.

La tension était à son comble. Après toutes ces épreuves traversées ensemble, cette belle histoire entre les membres du clan *Sadowsky* était sur le point de prendre fin, en l'espace d'un projectile lancé à une vitesse moyenne de quatre cents mètres par seconde. Le son du vent, balayant les Pinophytes par rafales espacées, s'entendait bruyamment autour de nos protagonistes.

Un claquement de porte, balayée sans ménagement, se fit entendre en direction du chalet. L'homme qui en sortit fit immédiatement redescendre l'ambiance pesante qui planait dans l'air, d'une simple phrase, composée de simples mots :

— Il n'est point l'heure de se diviser. Baisse ton arme, ma chère et tendre, le sang ne coulera point en ma présence, ordonna *Éric Benedict* d'un ton ferme.

— Malgré tout l'amour que je te porte, je ne peux laisser passer une chose pareille !

— *Madeleine*... tu dois faire fi de ta vie passée, une bonne fois pour toutes. L'ancienne personne que tu étais n'aurait pas hésité un seul instant. L'épisode de mon petit garçon ne t'a donc pas servi de leçon ?

— Ah oui, c'est vrai, le pauvre petit *Liam*, gardé par une nounou incompétente, en quête de rédemption, confié par un géniteur binoclard inconscient, éperdument amoureux de sa maîtresse. Je m'en souviens bien ! pestiféra *Luc* sarcastiquement.

Le quinquagénaire s'approcha doucement de *Madeleine* avant de lui prendre son arme des mains. L'ex-père du jeune trépassé regarda le Glock en le nettoyant lentement avec son pouce, et tira sans même prendre le temps de viser, sur l'épaule de l'impertinent. Au fracas de la détonation, bon nombre d'oiseaux, nichés ci et là dans les cimes, s'envolèrent dans le peu de nuages que peuplait le ciel, pris d'un effroi soudain.

— De ta bouche, je ne veux entendre aucune référence concernant ma vie de famille. Tu as dépassé la limite, ne compte pas sur ma participation pour panser tes blessures.

Le blessé se roula sur le sol, humide de la veille, et se tint la scapula comme si elle était prête à se disloquer du reste de son corps frêle, d'un instant à l'autre. *Jill* le releva tant bien que mal, prise de pitié pour ce pauvre boug qu'était *Luc Magarde*.

— Tu ne pouvais pas la mettre en veilleuse ? Ah ça non ! Toujours à faire le fanfaron... Nous avons un dicton en Afrique : « Le mensonge donne des fleurs mais pas de fruits ». Je me doute que tu voulais bien faire, mais que t'ai-je dit à propos de tout cela ?!

— Garde tes sermons et aide-moi avant que ma blessure ne s'infecte !

Avec le recul, le chien de l'arme avait légèrement coupé *Éric* au niveau de son espace interdigital, entre son pouce et son index. Dans un des placards branlants, il prit un linge de cuisine poussiéreux, décoré de motifs en losanges orangés, ornés d'un contour argenté. Il le passa sous l'eau puis s'essuya d'un geste franc.

Voyant *Jill* qui s'improvisait pitoyablement en étudiante en médecine ratée, il lui tendit son torchon et sa flasque de whisky à moitié vide. Depuis la mort de son fils, il avait trouvé refuge dans l'alcool. Il ne souhaitait pas vraiment en parler et esquivait le sujet le plus souvent possible.

— Tu as des notions de couture ? s'inquiéta-t-il en voyant le bout de sa phalange distale saignée.

— Pas vraiment... Je me suis piquée à plusieurs reprises avec l'aiguille, je suis très maladroite.

— Ah, laisse-moi faire. Serre les dents, *Luc*, ça va piquer un peu.

Il chauffa la pique pour la désinfecter, imbiba le tissu de JACK DANIEL'S et se mit à l'œuvre. Il ne prêta même pas attention au hurlement du blessé. Il était douillet, mais c'était pour son bien, s'il ne voulait pas d'une épaule nécrosée.

— Arrête un peu de gigoter. Je ne vois pas ce que je fais... Voilà, ça devrait tenir.

— *Éric...* nous devons partir, les flics sont très certainement en route, l'interrompit sa maîtresse.

— Bon, n'en profite pas pour me demander de te porter, tu n'es pas blessé aux jambes. La marche, c'est bon pour se rétablir.

Chapitre 12 : Les Benedict

Affalé devant la télé avec une bière fraîchement sortie du frigo, *Éric* se détendait de sa longue semaine de boulot. La pile de travail sur son bureau avait eu raison de sa bonne humeur. La bisbille que préparait sa femme n'allait pas tarder à lui faire regretter ses collègues, qu'il trouvait ennuyants, tous autant qu'ils étaient.

— Chéri, veux-tu bien venir ici, je te prie ? demanda *Frida* en nettoyant ses lunettes de fatigue. Nous avons terriblement besoin d'une nourrice pour notre fils, et j'aimerais que tu t'y intéresses un minimum.

— Cela ne peut-il pas attendre ? J'aimerais profiter de mon début de fin de semaine.

Elle souffla d'exaspération. Ni une ni deux, elle prit la télécommande laissée sur l'accoudoir avant d'éteindre la télévision que regardait assidûment son compagnon, les jambes croisées, ainsi que ses pieds posés nonchalamment sur la table basse.

— Tu n'es pas le seul à avoir eu une semaine écrasante... Tu es le père de cette famille, je te demanderai de t'impliquer davantage en elle.

— Écoute, je pense avoir trouvé la personne parfaite pour ce job, O.K. ? Laisse-moi donc gérer cette histoire tout seul, dit-il d'un air certain.

— Je ne veux pas de n'importe qui, la personne que tu as en tête, qui est-elle ?

Il ne répondit pas. Saoulé de cette énième prise de tête, il partit se réfugier dans son garage pour y chercher la paix, là où il ne serait ni suivi ni dérangé. Ces broutilles étaient régulières chez les *Benedict*. Depuis quelques mois, leur couple battait de l'aile.

La seule coque pouvant encore maintenir le bateau à flot, dans cette famille au bord de l'explosion, s'appelait *Liam*. Cet enfant n'avait rien de plus que les autres. Il avait débuté son cursus scolaire dès trois ans et voulait être chef de chantier dans sa vie professionnelle future. Ses troubles familiaux le rendaient parfois insociable, incapable de suivre le rythme qu'imposaient ses camarades d'école. Cependant, il était débrouillard et ne se plaignait que rarement.

Un soir, en l'an deux mille dix-sept, il regarda par la fenêtre de sa chambre, interloqué par le bruit assourdissant que faisait la moto de son père. À de nombreuses reprises, celui-ci était parti tard de la maison, pour se rendre on ne sait où, sans jamais donner d'explication.

Son veston changeait parfois d'odeur, les émanations féminines remplaçant son effluve de parfum ALL BLACK habituel, pourtant fort à sa pulvérisation. Ce soir-là, ce fut le soir de trop pour *Frida*.

— Où étais-tu encore passé ?!
— Je suis allé faire un tour, rien de plus.
— Encore un mensonge ! Quand vas-tu grandir ?!

La querelle n'avança guère vers une issue positive. Madame *Benedict* était loin d'être dupe, elle comprenait fort bien les enjeux d'un divorce prononcé.

— Tiens, lui dit-il en lui tendant un petit bout de papier chiffonné, griffonné au crayon à papier. Tu trouveras les coordonnées de la gardienne d'enfant dont je t'ai parlé. Je l'appellerai sous peu. Je vais me coucher, bonne nuit.

Dehors, les criquets chantaient à tue-tête. Le quartier était dorénavant endormi. *Liam*, lui, cogitait longuement en se trémoussant dans son lit, dont les draps étaient à l'effigie de son héros préféré : BUZZ L'ÉCLAIR.
Il se sentait responsable et culpabilisait d'être, régulièrement, le sujet principal de leurs disputes. Afin de passer le temps, il compta d'une cadence soutenue avec pour objectif : l'infini. Cette méthode l'avait aidé à plusieurs reprises à voir apparaître le marchand de sable, périodiquement absent ces dernières nuits.
Son réveil fut doux et agréable. Pour son travail lié à l'ingénierie, *Frida* devait partir quelques semaines, et par conséquent, son petit bout serait entre les mains de son paternel. Bien qu'elle aurait aimé l'ensevelir de baisers, elle se retint et se contenta

d'embrasser ses pommettes et de border son lit, mis à sac pendant sa sieste.

De retour dans le salon, elle ne put s'empêcher de s'excuser pour la veille, comme elle le faisait à chaque fois.

— Je ne peux avoir confiance en celui qui partage ma vie si tu ne me parles pas...

— Nous aurons plus de temps pour nous, une fois madame *Sadowsky* contactée. En ton absence, je veillerai sur notre enfant, pars sans crainte. Je te tiendrai informée de l'avancement du projet quand tu seras de retour.

Le jour de sa réapparition, elle ignorait que *Madeleine* avait déjà mis les pieds dans la maison familiale. Des bruits étranges se faisaient entendre dans la chambre conjugale. Pourtant, « maman est en voyage et papa, normalement seul... » pensa le jeune garçonnet, loin d'être niais. Ne souhaitant pas s'immiscer dans des affaires d'adultes qui ne le concernaient pas, il n'en dit mot à sa mère, croyant bien faire.

— Je suis *Madeleine*, enchantée, Madame *Benedict*.

— De même, très chère.

— Tu dois être *Liam*, n'est-ce-pas ? Je suis ravie de faire ta connaissance !

— Comment avez-vous connu mon mari, Madame *Sadowsky* ?

— Il m'a contactée via une annonce laissée là dans le journal. Je souhaitais reprendre du travail.

— Fort bien. Buvez-vous du café ?

— À mon grand regret, oui ! Un peu trop, si j'ose dire.

L'hospitalité dont faisait preuve la mère de famille était exemplaire. Elles firent connaissance pendant de longues minutes autour d'une tasse bien chaude, préparée avec soin. Seulement voilà, son sixième sens était en alerte au moment d'évoquer le passé de ce qui deviendrait, peut-être, leur future employée. *Madeleine* ne rentrait pas dans les détails et passait du coq à l'âne avec aisance. *Frida* n'insista point.

Quand seize heures furent énoncées par la grande horloge en bois d'acajou, dans un coin reculé du living-room, il était temps pour la jeune femme de vaquer.

— Ce fut un plaisir, nous vous recontacterons dans les plus brefs délais pour vous donner notre réponse.

— Plaisir partagé, merci de m'avoir accueillie avec tant de bonté, remercia-t-elle en refermant la porte d'entrée derrière elle.

À son expression faciale, il était facile de deviner qu'*Éric* était comblé.

— Je ne pense pas qu'il soit nécessaire de te demander ce que tu en penses, affirma sa femme en croisant les bras d'un geste lent.

— En effet, Madame sera parfaite dans l'exercice de ses fonctions.

« L'avenir nous le dira », cogita-t-elle. En attendant, ce fut avec plaisir qu'elle passa le reste de son après-midi dans son jardin abondamment fleuri, en compagnie de son fils.

Chapitre 13 : Des explications plus que nécessaires

Il n'y avait personne à l'endroit indiqué par le traître. La fine équipe avait déjà mis les voiles avant la mise en place de l'énorme coup de filet que prévoyait la police sur Kokkosaari. *Davide* voyait rouge.

— Encore un échec ! Ils fanfaronnent pendant que nous perdons notre précieux temps à courir après des chimères !

— Nos stratégies ne fonctionnent pas, nous devons changer notre fusil d'épaule, suggéra *Paavola*.

Elisa resta pensive et silencieuse. Un élément important lui passait sous le nez, elle en était persuadée. *Louise*, elle, espérait une erreur de la part des fuyards. Elle ne le savait pas encore, mais son vœu allait être exaucé par son adjoint qui s'approcha d'elle, en paradant victorieusement.

— Madame, nous avons trouvé ceci dans l'une des chambres du cabanon.

— Qu'est-ce, Monsieur *Cesnok* ?

— Un mouchoir taché de sang. Après analyse, nous saurons qui est le blessé. Croisons les doigts pour qu'un autre ADN se trouve dans cette hémoglobine.

Cyprien avait vu juste. Les résultats étaient sans appel : deux O positif et un AB positif...

Quelques semaines plus tard, dans le laboratoire du Dr *Riviera*, les enquêteurs furent tous convoqués pour connaître les résultats de l'examen sanguin.

— Les deux O correspondent à deux individus recherchés : *Luc Magarde* et *Jill Moussa*.

— Qu'en est-il du troisième, *Carmen* ? questionna *Elisa*, impatiente.

— Il s'agit là de l'ADN d'*Éric Benedict*.

— Comment ?! s'étonna l'assemblée.

— *Éric*, dans sa tendre jeunesse, était un fervent donneur de plaquettes pour des instituts privés. Après recherche, il s'avère que ses caractéristiques sanguines correspondent à la banque de données fournie par ces centres.

Un aveugle aurait pu y voir clair. Comment se fait-il qu'aucune personne proche de l'enquête n'ait pensé à s'intéresser aux parents du jeune défunt ? La nouvelle piste était prometteuse ; c'était Noël avant l'heure.

Dans la salle de réunion, les voix s'élevaient à cor et à cri. Bon nombre de liens furent dévoilés, et par conséquent, le brouillard s'estompa peu à peu. Un tableau avait été dressé sur l'énorme panneau électronique dernier cri, dernière grosse acquisition du département de recherche à l'occasion de la nouvelle année. *Oliver Orava*, maintenant haut fonctionnaire dans un bureau trop sombre à son goût, leur prêta main forte à la demande expresse de son ancien élève, *Emil Paavola*. Le mentor usa de son temps, comme une aiguille réglée à la milliseconde près.

— À l'époque, nous compatîmes au chagrin des parents *Benedict* après la découverte du cadavre de leur enfant, avec mon collègue *André Levine*. Il ne nous est point venu à l'idée de les interroger...

— J'ai également une information qui pourrait vous intéresser et qui expliquerait la présence du père de famille dans les rangs de *Sadowsky*... Fin d'année dernière, Madame m'a contactée.

— Il était enfin temps de le savoir ! s'énerva l'Italien.

— Allez-y doucement, laissez-moi aller jusqu'au bout de mes explications. Après un jeu de questions/réponses, elle m'a avoué s'être occupée de *Liam* par amour, au lieu de s'enfuir après sa tentative de vol berguénoise. Je pense que *Madeleine* et *Éric* entretiennent une relation.

— Ce qui doit bien l'arranger maintenant qu'il est divorcé de son ex-femme *Frida*, dit *Oliver* sans aucune gêne. Le verdict a été prononcé quelques mois après que le corps de l'enfant a été retrouvé.

— Donc, lors de son passage à la télévision, monsieur *Benedict* aurait menti sur le fait qu'ils ignoraient le passé de la nourrice ?

— Contrairement à Monsieur, je crois *Frida* blanche comme neige... surenchérit *Louise*. Cet homme jouait sur deux tableaux ; se pourrait-il qu'il soit *l'échéquiste fou*, cherchant à venger son enfant ?

D'un éclair de lucidité, la juge était la seule à comprendre l'entièreté de l'affaire. Afin de rester fidèle à ses principes, elle décida de passer aux aveux, quitte à compromettre sa carrière... ainsi que sa liberté...

— Je suis coupable...

— Mais à quoi faites-vous allusion, Madame ? s'interrogea *Paavola*.

— Je suis coupable d'avoir aidé *Koskinen* à échapper à la justice, sous les consignes et les conditions du *chuchoteur*.

— Vous avez travaillé pour lui ?! s'étonna *Duchêne* en écarquillant les yeux, comme s'ils souhaitaient sortir de leurs orbites, de leur propre volonté.

— Il me tenait... depuis l'an deux-mille-dix-sept...

— Voilà qui explique pourquoi il s'est empressé d'attaquer votre maison ! Laissez-moi deviner... vous l'avez contrarié ?

Les explications qu'elle donna sur sa mésaventure états-unienne furent complètes, ainsi que son échange téléphonique avec *Thomas* dans sa chambre d'hôtel. Comme une désagréable sensation, elle sentit se poser sur sa peau tous les jugements qu'elle se préparait à encaisser de la part de ses collègues.

— Faisons le point avec ces nouvelles informations. Après le vol au musée, *Rossi* en voulait à *Sadowsky* pour l'avoir trahi. Il envoya donc *Koskinen* pour la supprimer, mais celui-ci tua le gamin. Pour éviter que l'on remonte jusqu'à lui, il ordonna à madame *Hornett* de libérer le criminel, affirma *Carmen* sans vaciller.

— Mais, puisque la fuyarde ne s'était pas « cachée » convenablement, par amour pour son amant, elle fut facile à retrouver, en conclut *Paavola*.

— Nous savons que les meurtres de *l'échéquiste fou* ont commencé après la libération de l'assassin. Qui, dans tout ce merdier, a perdu le plus dans cette histoire, d'après vous ?

Bien qu'elle eût honte d'elle, *Hornett* se sentit libérée du poids de la culpabilité.

— Vous n'êtes pas tirée d'affaire, nous reparlerons de tout ceci une fois l'enquête terminée, dit la cheffe d'Interpol, le doigt accusateur pointé dans la direction de la fonctionnaire de justice. Avez-vous d'autres informations à nous communiquer ?

— Depuis notre rencontre, je suis en possession de ses coordonnées. Je pourrais lui donner rendez-vous, qu'en pensez-vous ?

— Voici l'occasion rêvée de leur tendre un piège ! Nous n'avons plus le droit à l'erreur, examinons nos possibilités.

Oliver tiqua. L'homme expérimenté pensa revoir la mère de famille, malgré son tourment. Peut-être avait-elle des informations supplémentaires concernant son ex-conjoint ? De plus, au vu des nouveaux éléments, madame *Benedict* devait, selon lui, faire l'objet d'une enquête. Certes, depuis un certain temps, elle demeurait discrète. Toutefois, elle deviendrait, en ce jour, l'une des suspectes de l'affaire de *l'échéquiste fou*. Peut-être était-ce elle, la mystérieuse vengeresse de la chair de sa chair.

— Je propose de nous diviser en deux groupes. Moi, *Emil et Elisa*, nous irons voir *Frida*. *Davide*, *Carmen* et *Cyprien*, vous vous chargerez de duper la bande à *Madeleine*. *Louise*, vous resterez en contact avec nous tous. Si nous perdons la communication radio pour x ou y raison, vous serez chargée d'envoyer des renforts. Reçu ?

— Cinq sur cinq, Monsieur *Orava*.

Chapitre 14 : Le piège

L'ancienne adresse des *Benedict* était toujours occupée par *Frida*. Cette vieille bâtisse de cent dix mètres carrés était devenue insalubre par manque d'entretien de la propriétaire. L'herbe était haute, les arbres fruitiers débordaient chez le voisin d'à côté, et le sol était parsemé de mottes de terre dues aux nombreuses galeries creusées par les talpidés.

Le trio frappa à la porte, non pas une, non pas deux, mais trois fois, avant que quelqu'un daigne leur ouvrir.

— Madame *Benedict* ?

— Je ne me nomme plus ainsi depuis mon divorce, cher Monsieur, veuillez donc m'appeler par mon nom de jeune fille : *Ferito*.

— Madame *Ferito*, veuillez m'excuser pour ma bêtise, pourrions-nous vous parler une minute ? Nous sommes d'Interpol.

— Je vous reconnais, vous êtes l'un des hommes ayant trouvé mon enfant dans les bois. Je ne désire point ressasser le passé, veuillez passer votre chemin, dit-elle en fermant la porte en bois massif, qui grinçait d'usure.

— Bon... Espérons que l'autre équipe aura plus de chance que nous, ironisa *Elisa* en haussant les épaules, son regard se perdant dans le vide.

Positionné à des points stratégiques, l'autre escadron était prêt à l'action. Le piège devait se dérouler dans un parc de la capitale. Plus tôt, *Hornett* avait appelé *Sadowsky*, prétextant vouloir des précisions sur *Rossi* et son organisation. Il s'agissait là d'un abus de confiance, mais il fallait rendre coup pour coup.

Comme lors de leur première rencontre, les membres du groupe adverse, *Éric*, *Jill* et *Luc*, étaient en place eux-aussi, déterminés à couvrir les arrières de leur cheffe. Ce qu'ils ignoraient cependant, c'était qu'ils étaient tous faits comme des rats, le museau décapité tenant un fromage dans la gueule comme appât.

Quand *Madeleine*, assise sur un banc, attendant son tête-à-tête avec calme, vit *Davide* s'approcher, comme un taureau enragé chargeant à pleine balle sur son matador provocateur, elle se mit à courir dans la direction inverse, aussi brièvement qu'elle le put.

Lorsqu'elle aperçut ses compagnons, à genoux, les mains sur la tête devant le van qui devait leur servir de porte de sortie, elle comprit la duperie. Elle les imita aussitôt, sans résistance.

— Je veux parler à *Elisa*...

— Vous vous permettez d'avoir des ordres à nous donner ? Nous avons nous aussi des directives à vous communiquer.

— Je vous avais dit que ça allait se retourner contre nous, bande d'idiots ! beugla fortement *Luc* sur ses camarades.

Une fois coffrés et menottés à l'arrière du véhicule sérigraphié, ils entendirent la radio ACROPOL hurler de porter assistance d'urgence à la première brigade, muette depuis trop longtemps déjà.

— Nous n'avons guère le temps de tergiverser !

— Que faisons-nous des captifs ? demanda *Cyprien*, inquiet, fixant les hommes menottés.

— Je pense que la question est vite réglée : nous les emmenons avec nous, mais quelqu'un sera chargé de les surveiller.

— N'ayez nulle crainte, je m'en chargerai, répondit-il, déterminé.

Le véhicule d'*Oliver*, *Emil* et *Elisa* était toujours garé devant la maison cible. Après une brève inspection, aucune trace d'eux ne fut détectée. La carrosserie, les vitres, les pneus... tout était intact.

— *Carmen*, avec moi, ordonna *Davide*, soucieux.

Une fois arrivés devant la porte, il était inutile de frapper. En effet, celle-ci était entrouverte, mais ne présentant nulle marque de forçage, le duo pénétra dans la maison en annonçant leur présence, dans l'intention de ne pas effrayer l'habitante.

Cependant, personne ne se manifesta. L'endroit semblait désert. Le salon, la cuisine, les chambres... rien ne présentait d'anomalie, à première vue.

Quant à la cave, elle était très obscure, froide et humide. Grâce à la lumière de leurs téléphones, ils purent entrevoir le sous-sol caverneux, longé de chaque côté par la tuyauterie de la salle de bain.

Ils sortirent aussitôt leurs armes après avoir observé leurs collègues inconscients, bâillonnés et ligotés sur un poteau, dans le renfoncement de la pièce humectée. Soudain, la porte du dessus se referma bruyamment et se verrouilla, enfermant ainsi tout ce beau monde dans le piège tendu par leur ennemi.

Subitement, un petit sifflement fit son apparition, provenant de la canalisation constatée précédemment.

— CACHE-TOI LE VISAGE ! NE RESPIRE PAS L'AIR AMBIANT !

Il était malheureusement trop tard. Sous les yeux de son ami, madame *Riviera* s'effondra lourdement. Par instinct de survie, *Fianchetto*, le visage masqué par sa veste en guise de protection, se précipita en direction de la sortie et tapa frénétiquement contre la paroi, espérant, avec un peu de chance, pouvoir l'enfoncer. Etant en manque d'air, il inhala le poison incolore et inodore et toussota abondamment avant de, lui aussi, tomber dans les pommes, intoxiqué.

Dans cette hécatombe, *l'échéquiste* se tenait là, au milieu des dormeurs inconscients, un masque à gaz en forme de bec de corbeau couvrant son visage, et portant une imposante recharge d'air pur sur le côté droit de son vêtement. Il se pencha à l'oreille du dernier comaté et lui susurra lentement :

— Merci de votre aide. Je vais enfin pouvoir mettre en place le dernier, et sûrement le plus beau « jeu », de toute mon existence. Il faut être fou pour se lancer à deux dans la gueule du loup, je vais donc vous attribuer ce rôle, à vous et votre amie...

Dehors, l'attente fut longue pour les cinq poireauteurs.

— Ils en mettent un temps ! s'irrita *Cyprien*, sa jambe se secouant frénétiquement de nervosité, au point de se courbaturer.

— Voilà qui me fait drôle de revoir cette maison, dit *Éric*, nostalgique, en se remémorant les bons souvenirs de sa famille d'autrefois. Pourquoi donc vous êtes-vous arrêtés ici ?

Cyprien ne prêta pas attention à sa question. Toute son anxiété allait à ses collègues, pour qui il s'inquiétait de ne point avoir de nouvelles.

— Restez ici, je m'en vais voir si tout va bien.

Il verrouilla les portes derrière lui et prit son arme par précaution, oubliant de prévenir sa supérieure de son intervention en solitaire.

En fin de journée, il était temps pour madame *Duchêne* de constater les faits. Aucune de ses deux équipes n'était revenue de mission, tout comme les détenus préalablement épinglés. Les renforts, quant à eux, étaient revenus bredouilles. D'après leur rapport, la liste des disparus s'allongeait considérablement :

Veuillez prendre en compte, Madame, la liste complète des personnes n'ayant donné aucun signe de vie, lors de notre mission de sauvetage :
- *Fianchetto Davide*
- *Carmen Riviera*
- *Emil Paavola*
- *Madeleine Sadowsky*
- *Éric Benedict*
- *Frida Ferito (anciennement épouse Benedict)*
- *Oliver Orava*
- *Cyprien Cesnok*
- *Jill Moussa*
- *Luc Magarde*
- *Elisa Hornett*

L'échéquiste fou avait, une fois encore, frappé un grand coup. Par ailleurs, *Louise* y ajouterait elle-même les deux noms supplémentaires, *Thomas Rossi* et *Dylan Hornett*, transmis par *Robert Attila*, qui croupissait toujours dans sa cellule, aux allures de petit studio moisi, situé dans les bas-fonds d'un quartier malfamé.

— Qu'attendez-vous de moi, Madame ? dit-il d'un air blasé.

— *Robert*, vous comme moi avions sous-estimé cet inconnu. Si vous avez d'autres informations à nous communiquer, c'est le moment.

— Je présume que vous êtes prête à passer un accord, n'est-ce-pas ?

— Dans la limite du raisonnable, je suis prête à faire quelques concessions, en effet.

— Si nous partons du principe qu'il s'attaque maintenant aux gros bonnets de la branche du « Murmure de l'Index », je sais qui sera sa prochaine cible. Même si ce n'est pas le cas, la personne à qui je pense pourra nous aider dans notre entreprise. Nous devons nous envoler pour les États-Unis.

— Comprenez bien que je ne peux vous laisser en liberté sans...

— Sans surveiller mes faits et gestes ? Je comprends parfaitement. Me mettre un bracelet électronique va me donner une seconde jeunesse. Je ne vous ferai pas faux bond, tranquillisez-vous.

Chapitre 15 : Bluff

Les assiettes s'empilaient, mais *William* ne semblait pas rassasié pour autant. Dans l'un des restaurants de cette grande ville côtière américaine, niché entre les titans que sont ses buildings, monsieur *Diaz* entretenait avec joie son diabète, sous le regard las de son accompagnatrice, madame *Walheim*.

— Mangez donc avec plus de retenue, vous me donnez la nausée... dit-elle avec dégoût.

— Le repas est pour moi un moment sacré. Bien manger, c'est avant tout se régaler.

— Vous ne vous régalez pas, vous engloutissez.

Le bras droit du *chuchoteur* en avait plus que marre de ce continent et de ses habitants, qu'elle considérait imbus d'eux-mêmes. *Thomas* lui avait expressément demandé de rester en compagnie de son ancienne connaissance, en attendant son retour d'ores et déjà planifié. Un retour qui serait avorté en raison de la situation périlleuse, non envisagée, dans laquelle il se trouvait. Tout ceci, *Edith* l'ignorait encore, jusqu'à sa rencontre avec *Louise* et *Robert*, qui firent le déplacement jusqu'à eux.

Quand ils passèrent la porte, la petite cloche au-dessus annonça leur arrivée dans une cacophonie religieuse.

— Comment allez-vous, *Miss* ? demanda *Attila* en l'embrassant respectueusement.

— Disons que j'ai connu mieux... souffla-t-elle en désignant *Diaz* du doigt.

— Je suis ravi de l'entendre.

— Je constate que vous êtes en charmante compagnie, présentez-nous votre amie !

— *Louise Duchêne*, Interpol, dit-elle froidement en coupant l'herbe sous le pied du vieillard.

D'un geste franc, *Walheim* sortit son arme et la pointa sur la Française, prête à tirer, avec comme témoins les rares clients présents dans le restaurant, muets d'effarement.

— Nous sommes en public, baissez votre arme. Quant à vous, qu'est-ce que vous ne comprenez pas dans le fait de la jouer « finement » ? Les réacteurs de l'avion vous ont-ils rendue sourde ?

— Comprenez bien que j'irai droit au but, nous n'avons pas de temps à perdre en courbettes et autres fantaisies du genre.

— De quoi parle-t-elle *Robert* ? se méfia la jeune femme, visiblement interloquée.

— Je vais tout vous raconter, mais pour l'amour du ciel, baissez votre pistolet.

Edith et *William* écoutèrent très attentivement leur narrateur. Pas une fois, il ne fut interrompu dans son monologue.

— Voilà qui est fâcheux, mais dites-moi, qu'attendez-vous de nous ?

— Peut-être détenez-vous un moyen de les retrouver ? Est-ce le cas, ou perdons-nous simplement notre temps ? rétorqua *Louise*, visiblement impatiente.

— N'y a-t-il pas un seul téléphone des kidnappés qui soit géolocalisable ?

— Si seulement c'était si simple... De plus, après les nombreuses disparitions de vos hommes au Portugal, y compris celle de votre « chef spirituel », votre « grand manitou », il est fort à parier que vous subirez, tôt ou tard le même sort que vos compagnons. Ceci n'est que pure hypothèse, mais prévenir du danger nous sera davantage plus utile.

— Je suis de votre avis, acquiesça l'homme imposant. Le mal triomphera par l'inaction des Hommes de bien.

— Oui enfin... si toutefois nous nous considérons comme des Hommes de bien, comme vous le dites avec l'élégance qui vous est propre.

Il était évident que la prochaine idée qui fusait des neurones de la policière n'allait pas leur plaire. Si la théorie de la cible dans leur dos s'avérait vraie, ils devraient jouer les appâts, malgré le danger que représentait cette initiative.

De retour sur le vieux continent, le stratagème se mettait en place, doucement mais sûrement.

Par le biais d'une étroite collaboration avec le siège social d'une des plus grosses banques lyonnaises, le faux braquage, imaginé par *Duchêne* elle-même, allait pouvoir avoir lieu. Comme s'ils étaient sur une scène de théâtre, le rideau rouge coulissa, révélant ainsi la comédie à ciel ouvert.

— Pardonnez mon impolitesse, si toutefois vous le prenez de cette façon, mais je trouve votre « piège » d'une grossièreté affligeante, Madame, déclara *Edith*, peu convaincue de la réussite d'un tel projet.

— Veuillez vous taire, les ondes émises par votre bouche feront fuir le poisson.

En dépit du vacarme ambiant, il n'aura pas fallu très longtemps pour que *l'échéquiste*, debout silencieusement devant son poste de télévision dans un « salon » aménagé de manière rudimentaire, au sein même de sa tanière, soit révolté par ce que relayèrent les médias. Sur la barre d'information, défilant sur le coin droit de l'écran, de fausses informations circulaient, telles que le nombre de morts causés par l'assaut ou le montant du butin dérobé. Tout était factice, à l'exception d'une différence notable : le nom des assaillants.

Quand il retourna voir son otage, bien amoché déjà, un pied de biche à la main, il s'empressa d'obtenir des détails sans passer par l'utilisation de la manière douce. *Rossi* ne cacha pas sa joie de le revoir, et cracha un mélange de salive et de sang combinés, sur le sol, d'un air désinvolte.

— Que me voulez-vous cette fois-ci ?

— Encore et toujours des informations. Je vous laisse un court instant pour me dire tout ce que vous savez sur *Edith Walheim* et *William Diaz*.

— Je vais vous décevoir, mais je ne connais pas ces personnes... répondit-il d'un air détaché.

Un coup de pied de biche plus tard et une arcade sourcilière en moins, *Thomas* se ravisa de jouer au malin et coopéra douloureusement.

— Vous êtes devenu plus docile, plus... fragile en ma compagnie. Moi qui pensais que la saloperie que vous êtes allait me donner du fil à retordre.

— Vous avez des arguments très convaincants, je dois bien l'admettre... toussota-t-il.

— Prêt à tout pour s'en sortir, même à dénoncer ses propres proches. Ils ne vous méritent pas, c'est une certitude !

L'échéquiste eut reconnu avoir affaire à un adversaire bien plus redoutable. Comme lors d'une vraie partie d'échecs, c'était maintenant à son tour de jouer son coup, avec la responsabilité de veiller à ne pas gaffer. Il semblait avoir l'avantage sur ses opposants, mais combien de temps cet état de fait allait-il encore durer ?

— Où puis-je maintenant les débusquer ? quémanda l'inconnu masqué.

— Ils se cacheront sûrement dans le département français du Doubs, à Besançon... Trouvez monsieur *Blanchet*, lui et sa sœur sont de véritables crevures... Ils hébergeront à coup sûr vos deux bandits, s'ils choisissent de rester en France le temps de se faire discrets. C'était ma consigne si, toutefois, mes hommes souhaitaient disparaître un temps. S'ils optent pour un autre plan, j'ignore où ils décideront de se terrer. Vous avez une chance sur deux. Je n'ai plus qu'à vous souhaiter mauvaise fortune.

— Je dispose de plus de ressources que vous ne pouvez l'imaginer. S'ils sont ailleurs, je les trouverai.

Chapitre 16 : Jumeaux et rébellion

Sur sa terrasse, en face de l'église Sainte-Madeleine, *Chris* fumait sa cigarette dans son plus simple apparat – un caleçon retourné à moitié troué. *Gloria*, sa jumelle, paraissait tout aussi sale que lui. Après tout, les chiens ne font pas des chats.

Sur leur table de camping, servant également de planchette basse, se trouvaient des liasses de billets en petite coupure, fréquemment scrutées avec envie par les filles de joie qui pullulaient dans l'appartement bisontin. L'entièreté de la recette provenait du proxénétisme, un business qui profitait à leurs dépens de la misère des femmes de l'Est, principalement de jeunes Roumaines.

Bien qu'ils fassent tous deux partie du « Murmure de l'Index », *Thomas* leur avait laissé carte blanche pour mener à bien leur business, sous la protection qu'il leur offrait, en échange d'une contrepartie financière et de quelques services rendus.

En fin de journée, la porte plia sous les coups impatients des visiteurs. *Walheim*, *Diaz*, *Attila* et *Duchêne* étaient venus, comme *Rossi* l'avait malheureusement anticipé. Quand *Betty*, l'une des exploitées en porte-jarretelles rouge pourpre, leur ouvrit avec vigilance, le binôme ne put s'empêcher de s'esclaffer.

— Mais que faites-vous ici ? Il ne me semble pas que nous ayons été prévenus de votre venue ! dit *Blanchet* en enfilant son pantalon en quatrième vitesse.

— C'est assez long à vous expliquer, veuillez vous contenter de nous couvrir comme *le chuchoteur* vous l'avait préalablement demandé, ordonna *Attila* d'un ton ferme.

— Qu'avez-vous fait cette fois-ci ?! hurla la sœur. Les flics vont commencer à se poser de sérieuses questions nous concernant à force de vous voir débarquer chaque fois qu'un petit problème pointe le bout de son nez.

— Les flics, c'est moi, déclara *Louise*, en brandissant sa carte tricolore. Votre affaire ne m'intéresse point pour le moment, mais sachez qu'une fois *l'échéquiste* sous les verrous, nous mettrons un terme à cette affaire familiale.

— Alors... j'ai beaucoup trop de questions qui me viennent à l'esprit... Pourquoi avez-vous fait venir un poulet chez nous, d'une, et de deux, en quoi sommes-nous concernés par l'affaire la plus sordide du siècle ?

— Comme je vous l'ai dit précédemment, vos questions n'auront pas de réponse. La seule chose que vous devez savoir, c'est qu'un dangereux psychopathe est en chemin et qu'il va falloir planquer vos « employées » un moment.

— Comment pouvez-vous être à ce point certain qu'il viendra dans un coin aussi perdu que celui-ci ?

— Nous comptons beaucoup sur la participation de notre ami commun pour nous trahir. Je le connais bien, pour s'en sortir, il est prêt à tout, affirma *William* d'un air certain. Il m'avait déjà fait le coup... C'était il y a un moment déjà, nous étions...

— Plus tard pour les histoires mélancoliques autour du feu de camp, nous devons nous préparer.

Les jours passèrent et rien d'important ne se produisit. *Louise* se mit à douter et anticipa le moindre scénario pessimiste. Elle se sentit d'autant moins à l'aise en regardant les demoiselles se piquer pour oublier leurs conditions de vie misérables, dans l'une des pièces de l'appartement qu'ils appelaient tous sobrement « la chambre rouge ».

Ça la révoltait de ne pas pouvoir y mettre son grain de sel... Ça la révoltait de ne pas pouvoir les sauver dans l'instant. Mais en présence de leurs bourreaux, il valait mieux faire profil bas car se les mettre à dos, c'était aussi compromettre son ébauche.

— Voilà des semaines que nous attendons ! Soyez lucide, votre plan bidon est un échec cuisant ! Je vais remettre mes filles sur le trottoir ; les finances ne s'en porteront que mieux ! déclara *Chris*, dans une colère noire.

Lorsqu'il ouvrit la porte de la chambre, l'ambiance avait radicalement changé. D'ordinaire, il était fréquent d'entendre des gémissements mêlés à des pleurs de détresse. Il en fut tout autrement.

— Pourquoi vous me regardez toutes comme des idiotes ?! Au travail !
— Non.
— Comment ça ?! Non ?!
— Aucune d'entre nous ne vous obéira désormais, défia *Betty*.
— Quelle petite révolte minable ! lança la jumelle avec un petit commentaire. Nous vous avons trop bichonnées, donnez-leur votre main et ils prendront votre bras !

Duchêne se délecta de voir les jumeaux perdre de leur autorité, savourant chaque instant de cette rébellion. Au grand jamais elle n'interviendrait dans ce qu'il semblait être un retournement de situation, une réappropriation de leur liberté.

Malheureusement, il ne s'agissait point de cela...

— *L'échéquiste fou* vous salue tous... dit-elle en dégainant une arme de poing. Il vous invite à vous rendre... au 7, avenue de Montrapon, dans l'ancienne usine DODANE.

— Je dois bien reconnaître que je ne l'avais pas vu venir celle-là, plaisanta *Diaz*, avec un rire nerveux.

— Pourquoi le servir, lui ?! Réfléchissez à ce que vous faites, cette personne ne vous veut pas du bien !

— Eux non plus... Nous avons suffisamment de ressources pour ne plus être vos tapins quand ça vous chante ! Vous avez raison de vous méfier, votre adversaire est intelligent. Nous sommes toutes conscientes qu'il se sert de nous pour vous atteindre, et vous savez quoi ? Nous n'avons que faire du sort qu'il vous réserve.

— Quittez vite cette région, que dis-je, ce pays, car tôt ou tard, nous vous retrouverons, jura le proxénète.

— S'il ne vous règle pas votre compte avant, pervers à la con ! lui répondit l'une des ex-péripatéticiennes.

Avant de se rendre sur le lieu de rendez-vous, une question persistait dans l'esprit de la gardienne de la paix.

— Comment vous a-t-il approchées ? Avez-vous vu son visage ?

— Je l'ai vu, en effet, mais ne comptez pas sur moi pour vous le décrire. Quant à son approche, je ne vous le dirai pas non plus, pour ne pas le compromettre, lui et ses desseins. Avancez maintenant, nous avons assez discuté pour ne rien dire ! ordonna-t-elle gravement.

Les rues étaient calmes autour du vieux bâtiment désaffecté. Une fois dans l'usine, les nouvelles servantes d'un maître sans raison présentaient leurs victimes comme on présenterait un mouton devant un dieu, pour être sacrifié, s'attirer ses faveurs, et surtout, bonne récolte en des temps difficiles.

— Nous vous apportons ce que vous nous avez demandé... dit l'une d'entre elles, sa voix résonnant dans un écho dans l'immensité du lieu, vide de tout mobilier, abandonné depuis longtemps.

— Vous avez rempli votre rôle, vous êtes libres à présent, comme je vous l'avais promis, répondit *l'échéquiste*, sortant de la pénombre de l'étage supérieur, surplombant la zone qui habitait d'antan la chaîne de production de l'ancienne fabrique.

— Où retenez-vous mon équipe ?! s'exclama *Louise* à haute et intelligible voix.

— Madame *Duchêne*, enfin nous nous rencontrons... Ma petite lettre de l'an dernier vous a-t-elle plu ?

Son sarcasme agaçait profondément son interlocutrice. Avec lui, il était toujours question de jeu. Pas une seule fois en deux ans d'enquête il n'avait montré une once d'inquiétude... comme s'il espérait parfois se faire attraper pour de bon.

— Épargnez-moi vos brocards, je vous ai posé une question !

— Inutile de vous répondre, vous les rejoindrez tôt ou tard, et vous en profiterez pour constater leur état de santé.

— Vous avez corrompu mes courtisanes ! Je vous ferai payer votre insolence ! menaça monsieur *Blanchet*, en lançant des injures à tout va.

— Vous n'êtes pas en position de menacer qui que ce soit. Il est maintenant temps de faire un petit somme, dit-il en remplissant la pièce avec le même gaz dont avaient été victimes les enquêteurs dans la maison de

Frida. Sentez-vous vos paupières devenir lourdes... très lourdes ? Sentez-vous la situation vous échapper ? Vous êtes à moi à présent... Je vous le promets, nous allons bien nous amuser.

Comme des mouches que l'on asperge de toxine, pour éliminer ces nuisibles, ils tombèrent les uns après les autres. Mais *Louise* était plus résistante... plus combative. À genoux, elle le fixa avec une détermination inébranlable.

— Mamie fait de la résistance, on dirait, dit-il avec un ricanement.

— J'en ai vu d'autres. Vous ne me ferez pas plier aussi facilement, vous savez.

— Que vous croyez, très chère, dit-il en l'assommant d'un violent coup sur la tête. Que vous croyez... Maintenant...

QUE LE JEU COMMENCE...

Chapitre 17 : Gagnons ou perdons... ensemble

(Suite du prologue)...

Je ne connaissais que trop peu les règles des échecs ; néanmoins, madame *Riviera* semblait en savoir plus. Ma décision de la suivre sans émettre de contradiction quant à ses prises de décision durant le jeu était limpide. Dans les haut-parleurs, le ton était donné.

— Vous pourriez vous dire : « je refuse de bouger et de participer... » nah grosse erreur... Le petit dispositif que je vous ai implanté dans le cou vous fera sauter la cervelle, informa le maître du jeu. Vous pourriez vous dire : « je ne tuerai point... » même constat.

— Et si nous faisons PAT (match nul), qu'adviendra-t-il de nous ? interrogea le jeune *Dylan*.

— Très bonne question... Afin de vous motiver à gagner par tous les moyens, je vous tuerai tous sans exception si la nulle devait avoir lieu. Aucune porte de sortie n'est à votre disposition, si ce n'est, la victoire.

Nous étions complètement à sa merci. Il ne restait qu'un choix possible pour espérer vivre : jouer, tuer et prier. D'après ce que j'observais, nous étions disposés de la façon suivante :

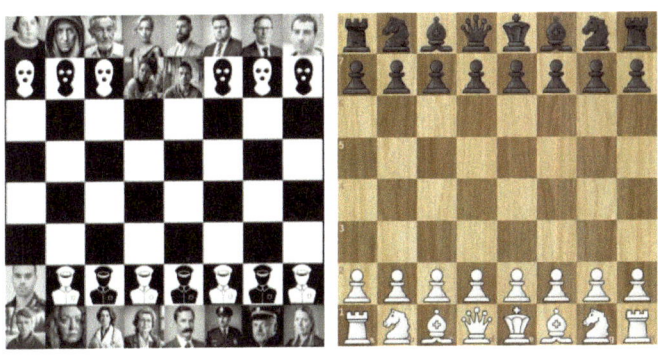

Voir la liste des personnages aux pages : 201 - 203

Moi, *Emil Paavola*... j'étais le roi blanc. En guise de pions/chairs à canon, notre maître chanteur s'était habilement arrangé pour enlever certains de nos fonctionnaires d'Interpol, ainsi que quelques bandits du « Murmure de l'Index », afin de nous imposer ensemble cette déchirante épreuve.

D'après *Duchêne*, toutes les personnes devant nous, à l'exception de *Cesnok*, étaient des policiers, censés venir en renfort en cas d'urgence lors de son traquenard chez les *Blanchet*. Certes, il s'agissait d'une énième bataille remportée par notre opposant, mais sûrement pas de la guerre. Nous refusions de baisser les bras.

Nous avions à disposition différentes armes tranchantes pour commettre les homicides à venir, tant souhaités par notre tortionnaire. Pour ma part, ce fut un canif, d'une longueur de sept virgule deux centimètres, taille suffisante pour couper net la jugulaire d'un pauvre malheureux, et le laisser se vider de son sang. Pour d'autres, ce fut bien pire.

— Permettez que je vous dise ce que j'ai sur le cœur, Madame *Ferito*, avant de trépasser ? réclama *Oliver*, visiblement peiné par ses pensées les plus sombres.
— Je vous en prie, Monsieur...
— J'ai douté de vous... Vous n'avez visiblement rien à voir avec *l'échéquiste fou*,

puisque vous êtes ici avec nous, votre vie tenant à un fil comme nous autres condamnés...

— Qu'est-ce qui vous faisait croire que j'étais cet immonde personnage ?

— Vous aviez toutes les raisons de vouloir vous venger pour la mort de votre fils... Je vous prie de bien vouloir m'excuser... cette idée m'a traversé l'esprit.

— N'en parlons plus, vous êtes tout pardonné...

Il régnait comme une cohésion indéfectible chez les blancs. Sans se le dire, nous étions tous prêts à gagner... ou à perdre ensemble. En revanche, l'atmosphère du camp des pièces noires était toute autre.

— Super... Je me coltine *Sadowsky* et sa bande, grogna *le chuchoteur*.

— Croyez-moi, *Rossi*, ça ne me fait pas plaisir de mettre ma vie entre vos mains, lui répondit *Madeleine*.

— Si vous prenez les mêmes décisions que pendant ces deux dernières années, autant se suicider tout de suite, marmonna *Magarde*.

— Et si tu la bouclais, gringalet ! l'attaqua *Gloria,* antipathique.

Cette scène de débauche ne surprit personne. Ils étaient incapables de s'entendre.

Quand notre hôte reprit ses explications, le silence revint chez les participants.

— Vous avez des indications numérotées sur les ordonnées, et des lettres sur les abscisses, pour déterminer votre positionnement sur l'échiquier. Maintenant que tout est clair, je n'ai plus qu'à vous souhaiter... bonne chance. Seuls les rois peuvent bouger leurs camarades. Trait aux blancs.

Dans ce jeu, après trois coups, il existe des millions de combinaisons possibles. Je décidai alors d'établir une stratégie simple : prendre le centre avec mes pions, de manière à établir un avant-poste solide, pour attaquer plus tard les flancs non protégés de mon adversaire.

— Bon... La peur ne doit pas l'emporter... Nous devons être vaillants et garder la tête froide... Pion E2, partez en E4...

— Bien pensé, *Emil* ! s'écria *Carmen*, concentrée.

Le policier souffla et vida entièrement ses poumons. Il s'avança sur la case, mais rien ne se produisit au niveau de son cou.

— J'y suis, dit-il. Monsieur... Si je ne venais pas à m'en sortir...

— Ne dites pas de bêtises ! Tout va bien se passer...

Thomas comprenait mes intentions. Il se gratta la barbe un moment, puis ordonna à son sous-fifre en C7 de se mouvoir sur C6, avec l'idée d'ordonner à *Jill*, située sur la case voisine D7, de bouger en D5, et ainsi forcer la conquête du centre.

— D2 ! Allez en D4... dis-je sans vaciller.

— La noire, va en D5 ! cria le roi sombre sur *Moussa*.

— Je m'appelle *Jill*, sale con ! lui répondit-elle en avançant sur le plateau.

En temps normal, elle ne répondait pas aux remarques racistes de cet énergumène. Ce n'était pas la première fois que *Rossi* se permettait de la rabaisser. Dans le cas présent, elle se dirigeait vers l'abattoir, et je devais prendre la douloureuse décision de l'exécuter, ou non. Bien que je ne lui porterais pas le coup de grâce, mes directives en seraient la cause.

— Inspecteur ! m'appela le benjamin *Hornett*. Il vous joue la « caro-kann ».

— Il a raison, *Emil*... C'est une ouverture défensive simple à exécuter et généralement, elle ouvre les colonnes centrales. Vous pouvez faire le choix de la variante d'avance avec E5 pour épargner la vie de cette jeune femme, et de notre ami en E4 ! me confirma la doctoresse.

— Ou me donner du sursis... enfin, c'est mieux que rien... ironisa la principale concernée.

— Très bien, alors E4, avancez d'une case...

C5 fut immédiatement joué par *Thomas*, malgré les contestations de son pion.

— Vous m'envoyez me sacrifier ?!

— C'est pour le bien commun, ne fais pas ta mijaurée et avance ! Inspecteur... tôt ou tard, il va falloir commencer les hostilités. Vous n'êtes pas de taille, RENONCEZ !

— Je n'abandonnerai pas, ni mon camp, ni le vôtre. C2, allez en C3.
— Que vous êtes sot ! *Madeleine*, tu es un cavalier, tu te déplaces de trois cases en formant un L. Va soutenir notre ami pour la prise de la case D4. Bouge en C6, exécution ! lui ordonna-t-il sans ménagement.

Orava étant un cavalier également, je décidai donc de jouer la symétrie, en le plaçant en F3.
Malheureusement, après avoir positionné l'évêque *Attila* en G4, pièce lourde ne se déplaçant qu'en diagonale, menaçant au passage de tuer mon mentor et ami, les échanges de pièces n'allaient pas tarder à arriver. Ce que je redoutais le plus, ne pouvait être évité avec les moyens dont je disposais.

— Demandez-moi de faire pareil et placez-moi en B5. Si la demoiselle bouge de son emplacement, je choperai ce salopard ! me conseilla *Davide*.

— Très bien, faisons comme ça !

Je dois bien reconnaître que le début de jeu, sans l'aspect violent de la chose, m'était assez plaisant.

En face, mon rival arborait une mine sérieuse, doublée d'une idée malveillante en tête. D'un geste franc, *Robert* comprit et exécuta froidement mon mentor d'un coup de hachette dans le crâne. *Oliver* s'effondra et rendit son dernier souffle, en une fraction de seconde.

— Je vous l'avais bien dit, Inspecteur. Si vous ne m'attaquez pas, j'entamerai les hostilités.

La fente était tellement grande et le coup porté si puissant, que ses yeux sortirent et se détachèrent de son visage. Une larme, des regrets... de la tristesse... C'en était trop pour moi.

— *Louise*... Vous savez ce qu'il vous reste à faire... dis-je sans la regarder.

Tout comme *Edith* chez les noirs, madame *Duchêne* était la reine blanche, capable de traverser la zone sans limite de case, et dans toutes les directions. Je lui avais confié la lourde tâche de contre-attaquer, malgré mes principes. Le point de non-retour avait été franchi et je savais pertinemment que, si je sortais vivant de cet enfer, je ne serais plus jamais le même qu'avant.

Sachant son sort scellé, l'évêque attendit la mort et l'accueillit à bras ouverts. En larmes, *Louise* traversa son estomac avec le poignard donné auparavant par *l'échéquiste* en début de jeu, et l'accompagna au sol, dans une flaque de sang laissée là par le précédent exécuté.

— Je suis désolée... pleura-t-elle.

— Ne le soyez pas, Madame, j'ai pris plaisir... à partager mes derniers instants avec vous, dit-il en quittant la vie pour de bon.

Sans attendre, l'un des truands assassina en D4 l'un des policiers restés sur la case noire, éclaboussant au passage *Jill* d'hémoglobine. Par fierté, il détourna le regard en direction de son chef pour lui montrer, le plus haut qu'il put, la tête décapitée du supplicié.

Sa joie fut de courte durée. En effet, l'un des fonctionnaires, attendant son tour sur son emplacement en C3, le frappa mortellement dans le dos pour prendre sa place en D4. De haine, il donna des coups de pieds et cracha sur son cadavre encore chaud.

— Il est mort, je vous en prie, revenez à la raison... requit *Elisa*, toute tremblante d'effroi.

— On peut dire que vous avez le sang chaud chez la volaille ! rigola *William*, qui n'en loupait pas une miette.

— Il suffit ! Trait aux noirs !

Les cinq prochains coups furent surtout des mouvements positionnels stratégiques. *Luc* avança en E6, fermant ainsi la position centrale tant convoitée, tandis que j'effectuais un « petit roque »*, me mettant à l'abri de toute attaque.

Petit roque : Le roque est un déplacement spécial du roi et d'une des tours au jeu d'échecs. Le roque permet, en un seul coup, de mettre le roi à l'abri tout en centralisant une tour, ce qui permet par la même occasion de mobiliser rapidement cette dernière.

Thomas, quant à lui, était exposé mais ne présentait aucune faiblesse dans sa structure, rendant donc impossible pour nous de percer sa défense. « La patience est mère de vertu », disait l'adage.

— Monsieur *Bénédict*, venez devant moi, en E7. Votre présence est requise. Trait aux blancs, cher concurrent.

— Madame *Riviera*, je vous prie d'aller en G5.

— Mmh, fort bien... Que diriez-vous maintenant d'accélérer la cadence ? me proposa *Thomas*, sûr de lui. Ma douce *Edith*, mettez-vous en B6.

— Votre coup de pression ne m'est guère important. Je sais pertinemment que mon heure arrive, lui informa *Fianchetto*. J'ai déjà frôlé la mort..., j'irai à elle et je la prendrai à bras-le-corps, comme une vieille amie. Nous sommes prêts, *Emil*... Faites ce que vous avez à faire.

L'heure était au bain de sang. Malgré les cris de détresse de *Madeleine* pour son amant, elle ne put arrêter la légiste qui, ironiquement, planta son bistouri en plein cœur, pour abattre *Éric* d'un coup précis, sans douleur.

Frida le regarda sans gémir, comme dénuée de toute émotion. Comme si elle savait, depuis sa rencontre avec la nourrice, qu'ils avaient une liaison. Le sentiment d'amour s'était dissipé depuis bien longtemps déjà ; elle ne semblait pas avoir de regrets, ni de remords d'aucune sorte.

— En deux ans, vous venez de perdre votre mari et votre enfant ! Cela ne vous fait aucun effet ?! cria *Sadowsky*, sanglotante.

— Ex-mari. Il a choisi sa voie, il en paie maintenant le prix, lui répondit *Ferito* avec froideur, devant l'assemblée.

La réponse fut brève. Afin de capturer la case E7, *Diaz* s'avança pour prendre la place de *Carmen*, qui se retourna immédiatement vers *Davide*.

— Nous avons appris à nous connaître... Je ne vous cacherai pas les sentiments que j'ai développés à votre égard... avoua-t-elle, les yeux larmoyants. *Davide Fianchetto*... je vous aime.

Concomitamment à sa déclaration d'amour, *William* lui tordit le cou, et brisa ses cervicales.

À partir de ce moment, c'était l'hécatombe. *Madeleine* rejoignit dans l'au-delà son cher et tendre, par la main de l'Italien, et lui-même périra à son tour à cause d'un malfrat placé en B7, qui le frappera mortellement par la suite. Le bilan était effarant.

— Il est encore temps de les sauver en abandonnant. Moi, je ne me sacrifierai pour aucun d'entre eux, affirma *le chuchoteur*.
— Ne l'écoutez pas, Inspecteur. Nous vous suivrons... quoi que vous décidiez de faire, le rassura *Elisa*.

— Dame en C3, dis-je en relevant la tête pour regarder l'autre camp, mes yeux remplis de détermination.

Thomas n'était plus à ce qu'il faisait. « Son arrogance le perdra », pensai-je discrètement. Son imprécision, de plus en plus constatée, confirma ma pensée. Les échecs sont aussi un jeu mettant les nerfs des joueurs à rude épreuve, surtout dans de telles circonstances. Le roi le plus serein triomphera à coup sûr ; c'est pourquoi je resterai stoïque, comme si mes pieds étaient fermement plantés dans le sol, au mépris du fait qu'il avait l'avantage.

Quelques échanges plus tard, les reines, se regardant en chien de faillance, n'allaient pas tarder à s'entre-déchirer. Pourtant, *Walheim* n'était point de cet avis et refusait son sort. Lorsque ma directive d'en finir la concernant tomba, elle se défendit bec et ongles contre son agresseur. *Louise* n'étant plus toute jeune, perdit naturellement son tête-à-tête contre *Edith*, qui la désarma aussitôt d'une clé de bras. Pour notre ravisseur, son geste défensif sonnait clairement comme de l'antijeu.

— Madame *Walheim*, comme l'ont fait vos prédécesseurs, vous devez abdiquer, dit *l'échéquiste fou* d'une grosse voix.

— Et si je vous désobéis ? Vous allez faire quoi ?! Votre petit machin sous ma peau est factice ! Vous nous bluffez depuis le début !

— Je ne vous conseille point de me tester.

— Je vais me gêner ! dit-elle en quittant son poste.

— Comme il vous plaira...

Par l'action d'une simple commande, le petit appareil clignota, sonna, puis... explosa, propulsant dans les airs des morceaux de cervelle, combinés à des bouts de longs cheveux blonds brûlés, tachetés de pourpre. Pour celles et ceux qui avaient encore des doutes sur l'efficacité et la dangerosité de l'explosif, ils étaient désormais tous prévenus.

La riposte contre *Duchêne*, qui se releva péniblement de son affrontement, était imminente.

— Mon tour est arrivé, je ne le sais que trop bien. Simplement, Monsieur, j'aimerais vous demander une faveur... demanda-t-elle la lèvre sectionnée. Je supplie votre humanité de m'accorder le choix de mon exécuteur...

— Et qui s'acquittera de cette tâche ? questionna *l'échéquiste*, attentif à sa requête.

— *Emil... Paavola...*

— Moi ?! Mais, Madame...

— Je ne veux rien entendre, faites-moi cet honneur. Je refuse de laisser monsieur *Rossi* jouir de demander à l'un de ses roquets de me supprimer...

Il lui accorda sa bénédiction et désactiva à distance son engin de mort. Sans douleur et dans la dignité, j'avais pris la vie de ma supérieure en lui poignardant l'artère carotide primitive, tout en lui fermant ses paupières de force. *Louise Duchêne*, une femme caractériellement forte et pour qui j'avais beaucoup de respect, est morte par ma lame. Je m'en suis voulu pendant longtemps et... je m'en veux encore à ce jour.

— La partie n'est point finie, je vous invite à vous ressaisir, ou ce sera votre sang qui ruissellera sur le plateau.

Lorsque la tour, incarnée par *Gloria*, élimina sans vergogne l'un des officiers en B2, *Dylan* me proposa de se sacrifier pour stopper sa folie meurtrière. Bien sûr, *Elisa* essaya tant bien que mal de le convaincre de rester à l'écart de la zone de combat, mais... sans succès.

— J'incarne également l'une des pièces majeures du jeu, nous n'avons point d'autre choix.

— Je t'interdis, *Dylan* !

— Si nous voulons avoir une chance de vaincre *Thomas*, nous devons procéder à des échanges !

Dans l'autre camp, *Chris* rejoignait la juge *Hornett* dans sa réflexion. Lui aussi ne voulait point perdre sa sœur, qui, une fois le benjamin tué, subirait le même sort.

— N'exécute pas ce jeune homme, *Rossi* ! Bon sang mais es-tu devenu fou ?!

— Ce sont les règles, cher ami. Si tu ne voulais pas que cela se produise, il fallait triompher de notre psychopathe à l'air libre. Soit nous jouons cette partie jusqu'au bout, dans l'espoir de survivre à cette aliénation, soit nous subirons le même sort que cette pauvre enfant, certifia *le chuchoteur* en désignant les « restes » du corps d'*Edith*. Maintenant, tais-toi et laisse-moi faire.

Elisa se mit à genoux, les mains jointes, et supplia l'homme masqué de stopper ce cauchemar. Des cris de souffrance et un craquement plus tard, *Dylan*, les yeux explosés par les doigts massifs de la grosse *Blanchet*, périt sans délai, dans l'obscurité la plus totale.

Malheureusement pour elle, le sort de *Walheim* ne fut point donneur de leçon. Quand *Elisa* fonça sur la meurtrière de son frère, elle se défendit, la jeta au sol et l'écrasa sous le poids de ses bottines.

— Tu vas rejoindre ton débile de frère en enfer ! Je m'en porte garante ! menaça la Franc-Comtoise.

Dans un sentiment d'agacement, *l'échéquiste* lui explosa la tête, de la même façon que l'ex-bras droit du roi noir. Las de devoir se répéter, il ne faisait plus aucune prévention sur les risques encourus, liés à la désobéissance, ou à la tricherie.

Madame *Hornett* pleurait... tout comme *Chris* qui ne put s'empêcher de gémir. Plus tard, ce fut *Magarde* qui fut envoyé au casse-pipe et mourut au nom d'une tactique bancale pour m'esseuler.

Rossi gagnait... Nous aurions dû être dépités, mais pour beaucoup, nous n'avions plus rien à perdre, en commençant par notre humanité. À la fin, comme je l'espérais, *Thomas* commit une erreur qu'il regretta séance tenante. Une erreur... qui lui coûtera la vie...

— *Chris*, placez-vous en F8. Nous allons le prendre en tenaille.

— Vous venez de signer votre arrêt de mort, cher ami... Si *Elisa* tue votre évêque en D4 et que vous l'assassinez à votre tour, madame *Ferito*, elle, se placera en E6 sur échec, et terrassera votre dernière pièce lourde que vous venez tout juste de mouvoir.

— Rendez les armes... C'est terminé pour vous... lui ordonna *Hornett*.

Forcé de constater ma bonne analyse, *Rossi* s'effondra à genoux, abattu d'avoir commis une telle sottise, et déclara son abandon, à contre-cœur.

Comme à son habitude, *l'échéquiste* sortit de l'ombre et nous applaudit tour à tour. Lentement, il retira son masque et nous dévoila son visage.

— Vous vous posiez la question de mon identité... Eh bien, je suis *Rafaël Koskinen*, frère d'un meurtrier de sang-froid. Nous nous sommes déjà croisés lors du procès d'*Arthur* au tribunal d'Helsinki.

— *Arthur* avait un frère ? Mais pourquoi ?! Pourquoi suivre la même voie que cette ordure ?

— Croyez-vous sincèrement que je suis à l'origine de *l'échéquiste fou*, comme les gens aiment le surnommer ?

— Si vous n'êtes pas le tueur originel, comme vous le prétendez, alors... ?

Une détonation résonna et coupa nettement la réflexion du Finlandais. La balle tirée alla se loger sur le toit, tandis que la douille fumante chuta sur le parterre froid. *Frida* les tenait tous en joue, prête à faire le ménage parmi les personnes encore en vie.

— Madame *Ferito* ? Mais...

— Je pensais mourir en participant à mon dernier jeu, maintenant que justice a été faite. Monsieur *Orava* avait vu juste me concernant. Je ne pouvais vivre avec l'idée que mon doux petit ait été assassiné en toute impunité.

— Il y aurait donc deux tueurs ? rigola *Thomas*. Je n'ai rien vu venir, je dois bien l'admettre.

— Vous travaillez ensemble ? Avec le frère de l'assassin de votre enfant ?

— J'ai rencontré *Rafaël*, il y a deux ans de cela. Je savais qui il était. Il a été l'un des participants de mon tout premier jeu grandeur nature.

— *Frida* m'a épargné. Je détestais mon frère. Nous sommes tombés d'accord sur le fait que chaque salopard, lié directement ou non à l'affaire *Liam Benedict*, allait le payer de sa vie...

— ...Quand nous avons su, de la bouche d'*Arthur*, que le « Murmure de l'Index » y était mêlé, nous nous sommes mis à les traquer jusqu'au dernier...

— ...N'oublions pas la bande *Sadowsky* et la traîtrise de votre ex-conjoint, ainsi que vous, Madame la Juge... vous, qui avez rendu le verdict qui déclencha tout ce bazar !

— Et maintenant... c'est à moi de rendre mon jugement. Ça... ça, c'est pour mon fils, bande d'enfoirés, dit-elle en explosant la cervelle du *chuchoteur*, sans prendre la peine de le regarder dans les yeux.

— Non, ne nous faites pas de mal ! Vous nous avez dit que les vainqueurs seraient épargnés !

— J'ai menti.

Chapitre 18 : Traque et trauma

— **M**onsieur ? Monsieur, vous allez bien ?

— Pardonnez-moi, j'étais... perdu dans mes pensées, je...

— Nous allons faire une pause, nous reprendrons la séance plus tard. Je vous l'assure, Monsieur *Paavola*, venir me voir semble vous faire du bien et je constate les progrès que vous faites pour vous réhabiliter dans la société.

— Merci Docteur mais, je n'y crois pas une seule seconde. Des questions traînent dans mon esprit et embrument mes pensées. Chaque jour, je pense à me coller une balle au fond de la gorge.

— Ne soyez pas si catégorique, vous vous en êtes sorti... Vous êtes en vie, Monsieur.

— Moi, oui. Les autres, eux, n'ont pas eu cette chance. Je les ai enterrés un par un, et chaque coup de pelle restera gravé dans ma mémoire.

— Tiens, d'ailleurs, madame *Ferito* et monsieur *Koskinen*, vous ont-ils expliqué pourquoi vous avoir épargné ? Pourquoi êtes-vous le seul survivant de cette tragédie ?

— *Frida* ne m'a rien expliqué. Elle s'est suicidée après avoir liquidé l'entièreté de mes camarades et adversaires. Quant à *Rafaël*, il n'avait aucune haine à mon égard. Avant de s'enfuir, il m'a laissé ce roi blanc en guise de « souvenir ». Un souvenir qui me hante...

— Et cette cicatrice dans votre cou...

— Et cette cicatrice, oui... Vivre avec ce traumatisme au quotidien est plus dur encore que d'être mort.

— Êtes-vous toujours après lui ?

— Je l'étais ardemment au début, puis, plus le temps passe, plus mes espoirs s'amenuisent.

— Quels sont vos projets pour votre futur ?

— Je l'ignore. La police, c'était toute ma vie. Après l'avoir quittée, un grand vide s'est installé. Il n'empêche que je m'attarde à retrouver tous les survivants des jeux précédents.

— Savez-vous ce qui leur est arrivé ?

— Oui, certains ont été retrouvés dans des cages, dans des endroits abandonnés aux quatre coins de l'Europe... D'autres ont été enregistrés dans un service de soin après avoir été émasculés.

— Quelle sordide affaire...

Une fois sorti de l'hôpital, *Emil* rentra chez lui et avala, avec du bourbon, quelques cachets contre la dépression. Quand soudain, il crut voir une silhouette qui lui était familière.

— *Emil*, pourquoi tu m'as tué ?

— Vous me l'avez demandé... et je n'avais pas le choix, *Louise*... Je suis tellement désolé...

— Mais quel raté.

— La ferme, *Rossi* !

— J'ai été plus maligne que vous, Inspecteur... N'auriez-vous pas fait la même chose s'il s'agissait de votre enfant ?

— Certainement pas ! Je ne suis pas un tueur !

— Ce n'est pas ce que j'en conclus, analysa *Carmen*.

— Où est-ce que je me cache, Inspecteur ? demanda *Rafaël* en souriant à pleines dents.
— ÇA SUFFIT !
— Il n'est visiblement pas à la hauteur.
— Ils sont à vos trousses, *Emil*, prenez de quoi vous défendre !
— ALLEZ-VOUS DONC VOUS TAIRE ?!
— Lors de notre jeu, vous avez eu de la chance.
— C'est un perdant, et il le restera pour le reste de sa vie.
— MERDE !!!

Les passants auraient pu le prendre pour un fou sorti d'un asile. Dans sa maison, il donnait des coups de lampe de chevet dans le vide, comme pour chasser les démons qu'il était le seul à pouvoir observer. L'alcool et les médicaments ingérés n'aidaient pas à son rétablissement. Il ne dormait plus, ne mangeait plus non plus. Il était comme anesthésié, comme un soldat rentrant d'un conflit armé, pris de spasmes au moindre bruit suspect qu'il entendait ou imaginait.

— Docteur *Garrus* ?
— Elle-même, qui la demande ?
— Bonjour, Madame, Directeur *Levine*, Interpol.
— Que puis-je faire pour vous Inspecteur ?
— Avez-vous un patient nommé *Emil Paavola* ?
— Oui, tout à fait ! Que se passe-t-il ?
— Nous l'avons retrouvé mort dans son salon, une corde autour de son cou. Navré, Madame...

Au cimetière de Loyasse, les visages des visiteurs étaient tous fermés. D'une voix lente et la tête basse, le prêtre, accompagné d'officiers, rendit hommage aux futurs enterrés.
— Pour leur dévouement à la défense de la tranquillité publique, pour leur sacrifice et leur combat contre un ennemi dont nous connaissons désormais le nom – et que nous traquerons sans relâche – nous vous faisons tous, en ce jour maussade, chevaliers de la Légion d'honneur. En hommage à votre héroïsme, nous baptiserons nos prochaines

unités de la paix par vos noms. Nous nous inspirerons de vos actions et de votre bravoure.

Que Dieu vous garde.

La mise en terre du survivant suscita une vive émotion dans tout le pays. Majoritairement, les citoyens lui rendirent hommage en déposant des fleurs sur sa stèle, tandis que certaines âmes, par bêtise, soutenaient son némésis criminel.

Le « Murmure de l'Index », privé de son leader, s'effondra indubitablement, bien que quelques fortes têtes s'obstinaient à le faire renaître. Sans succès.

En attendant la nomination de son futur dirigeant, Interpol déclara *André Levine* comme son nouveau chef des opérations, un rôle qu'il prit à cœur, malgré son âge avancé.

Comme un rat se cachant dans les égouts en attendant que l'orage passe, *Koskinen* n'avait point donné signe de vie pendant de longs mois. Il arrivait parfois qu'une poignée de groupes extrémistes le mentionnent dans quelques faits divers, espérant peut-être qu'il vengerait les victimes d'une incivilité fortuite. Il eut bien des imitateurs mais aucun ne lui arrivait à la cheville. Le monde entier était à ses trousses.

André avait suffisamment d'expérience dans la traque de fugitifs dangereux. Ancien chasseur de gibier et autres volatiles, comme la galinette cendrée, il savait que pour capturer un animal, il fallait le pousser dans ses retranchements, le feinter pour le forcer à la faute et suivre ses traces laissées fraîchement dans la terre retournée. Dans le cas de *Rafaël*, il devait impérativement se trouver des alliés pour manœuvrer sous les radars. Infiltrer et espionner ses admirateurs semblait être la suite logique pour parvenir à le mettre sous les verrous.

— Directeur ? Pourrais-je m'entretenir avec vous un moment ?
— J'ai peu de temps à vous consacrer, Docteur *Garrus*, mais je vous en prie, asseyez-vous. Quel est l'objet de votre visite ?

— Il s'agit de mon patient, *Emil Paavola*. Nous avons beaucoup échangé et je pense détenir dans mes fichiers d'entretien, des informations importantes menant à des pistes intéressantes.

— Vous avez éveillé ma curiosité, de quelles pistes s'agit-il ?

— *Emil* me parlait souvent des différentes interventions mises en place par madame *Duchêne*. Dans l'une d'elles, il fait mention d'une fratrie.

— Vous devez sûrement parler des jumeaux *Blanchet* ? Eh bien, qu'en est-il ?

— Ces personnes détenaient un business de prostitution dans la capitale Doubiste, comme vous devez assurément le savoir. De plus, vous avez retrouvé les cadavres de votre groupe d'intervention chargé de protéger *Louise* lors de son guet-apens contre *l'échéquiste*... Je l'ai vu aux infos du soir... Nous ignorons comment votre prédécesseur s'est fait avoir là-bas. *Emil* l'ignorait également. Peut-être serait-il intéressant pour vous d'interroger leurs courtisanes... ? Encore faudrait-il savoir où elles sont allées après l'effondrement du « Murmure de l'Index ».

Les médias avaient le don d'exaspérer la police en révélant au grand public, dans des émissions consacrées aux tueurs et autres criminels de ce genre, des informations confidentielles et des rapports privés, afin de satisfaire la curiosité morbide des téléspectateurs.

Quoi qu'il en soit, cela n'arrêta guère l'enquêteur chevronné, qui se délectait de voir certaines langues se délier, sans même bouger le petit doigt.

Obtenir une autorisation pour fouiller un dossier médical aurait pris des semaines, voire des mois, avant qu'un juge l'accepte sans broncher. Il se contentera donc de voir le verre à moitié plein et de prendre en considération les renseignements qu'il jugera utiles et indispensables à la résolution de sa filature.

Chapitre 19 : De famille

Il était là, le regard vide, les pommettes rouges de tristesse, à genoux au milieu des corps inanimés de ses collègues et amis. Il pensait que son heure viendrait sans prévenir, mais il se fourvoyait.

— Je ne te tuerai pas, *Paavola*... Tu vivras toute ta chienne de vie avec le sentiment d'avoir échoué. Échec et mat, cher ami, j'ai gagné !

— Vous ne vous en tirerez pas comme ça...

Rafaël le tenait en joue, prêt à tirer s'il faisait le moindre geste brusque. À l'improviste, il sortit son téléphone et composa le numéro d'appel d'urgence des forces de l'ordre.

— Police secours, j'écoute, quelle est votre urgence ?

— Monsieur *Rafaël Koskinen* à l'appareil, j'aimerais vous signaler un autre crime de *l'échéquiste fou*. L'un de vos confrères vous attendra dans un sous-sol dissimulé, à l'adresse que je vous communiquerai ultérieurement, dit-il en raccrochant sans lui laisser le temps de répondre.

— J'apprécie votre compagnie, croyez-moi sur parole, mais je dois prendre congé. Je vous laisse ceci, en souvenir de cette merveilleuse partie. Vos collaborateurs ne vont certainement pas traîner... Je vous salue.

La douleur ne pouvait égaler sa peine. *Koskinen* était le grand vainqueur de tout ce bric-à-brac. Quand les renforts arrivèrent, même les plus robustes d'entre eux n'avaient pu résister à l'odeur infâme de la putréfaction.

Dans l'arrière-salle, les policiers découvrirent un véritable arsenal militaire dans des armoires en métal verdâtre, allant d'un simple couteau finement aiguisé, aux gros calibres récemment huilés. Sur ces armes, « **JOUEURS** » était écrit en caractère gras, et le numéro de série avait été limé.

Emil perdit la parole un temps, puis se remit à parler de l'affaire à son psychiatre. C'était d'ailleurs la seule et unique chose qui le préoccupait. Les journalistes tenteront le tout pour le tout afin de dénicher LE scoop qui propulsera leur carrière, quitte à compromettre la scène de crime ou d'éventuels indices laissés sur les défunts.

Rafaël aurait pu tenter de faire disparaître les preuves, mais à quoi bon anéantir son œuvre ? Il en était fier et le revendiquait haut et fort. Depuis le temps qu'il attendait que la populace le remarque, depuis le temps qu'il attendait son heure de gloire, il fut servi à la hauteur de ses espérances.

Auprès des hommes et des femmes de tous horizons, *Frida* passait pour une mère désespérée dont *Koskinen* se servait pour commettre ces homicides. L'une fut pardonnée, tandis que l'autre fut haï ou adulé par ses admirateurs justiciers en herbe.

Par ailleurs, la balistique confirma les micros explosifs cervicaux comme l'œuvre d'un ingénieur, compte tenu de la complexité de l'engin. Madame *Ferito* en était justement une ; le doute ne subsistait plus.

Les enlèvements, eux, ont été perpétrés par quelqu'un de physiquement plus fort que l'ex-mère *Benedict*. Pendant l'autopsie, il a été révélé qu'elle souffrait d'une hernie discale, rendant impossible pour elle de soulever la moindre charge lourde. C'est là qu'intervient son associé.

Chacun avait un rôle à jouer, et chacun l'avait parfaitement respecté. Voilà ce qui expliquait l'étrange efficacité du mythe de *l'échéquiste fou*.

Dans son périple, *Raf* chercha de l'aide dans le peu de connaissances qu'il avait entretenues pendant ses horribles mises en scène. Il alla d'abord voir son fournisseur d'armes, un dénommé *Vladimir*, dans la banlieue de Moguilev, en Biélorussie. Ce vieux corbeau, dégarni sur les côtés et arborant un unique monocle rayé comme seul verre pouvant corriger sa myopie, était quelqu'un d'aigri et d'avare. Sa loyauté n'allait que pour son profit personnel, *Koskinen* l'apprendra à ses dépens.

— Privet, vieux machin.

— Ah, toi revenu ! Que faire pour toi cette fois-ci ?

— J'ai besoin d'un endroit où me terrer un moment, tu pourrais faire ça pour moi ?

— Bien sûûr ! Sous-sol de boutique très très confortable.

— Spasibo, je vais aller y déposer mes affaires.

Voilà quelques jours qu'il s'était déconnecté d'internet, avait mis son téléphone en mode avion pour contrer toute tentative de pistage et ignorait l'actualité du moment.

Dans sa future piaule, son hôte descendit le voir en toute hâte, un fusil à la main.

— Non, *Vlad*, je ne souhaite pas t'acheter des armes, dit-il naïvement.

— Arme pas pour acheter, arme pour capturer fugitif.

— À quoi fais-tu allusion ?

— Client recherché par police, grosse grosse prime sur tvoya golova. Toi me suivre sans discuter.

— Je n'ai pas le temps de jouer à ça avec toi. Si tu veux de l'argent, j'en ai.

— Ah ! Toi avoir 115 millions de billets ?

— Combien ?!

— Les gens pas t'aimer beaucoup, ils sont prêts à mettre tarif pour te voir capturer mort ou vif.

— D'accord, amène-moi chez les fédéraux. Je leur expliquerai ton implication dans l'affaire *Benedict* et ils te captureront toi aussi.

— Moi simplement avoir vendu armes à frère de toi, business légal ici. Moi pas responsable du SMITH AND WESSON des dégâts provoqués. Eux pas te croire.

— 10 contre 1 que tu te trompes. Tu veux vraiment courir ce risque ? Légal sur tes terres, certes, mais sûrement pas dans les autres pays de l'Union.

L'armurier avait beau être menaçant, les dossiers sur son affiliation avec *Arthur* étaient plus que convaincants. Il hésita une seconde. Son invité profita de son instant d'inattention pour lui coller une balle dans la rotule, ce qui le fit trébucher et le désarma au passage.

— Tu me déçois, *Vladimir*, formula *l'échéquiste* en le supprimant pour de bon d'une balle dans la tête.

Le bruit de la détonation était tellement fort, en raison de la mauvaise isolation sonore du cellier, qu'il résonna à en faire peur le fils de l'exécuter, âgé de 14 ans à peine, resté dans la boutique au rez-de-chaussée. Par réflexe, il prit une des armes entreposées et chargées à l'arrière du comptoir, avant de se faufiler à l'étage inférieur pour voir si personne n'était blessé. Son père, le crâne explosé, gisait sur le sol. Les murs, eux, étaient couverts de sang dégoulinant et de cervelle fraîche.

Il regarda l'assassin un long moment, le visage en sueur, avant de se mettre à tirer à son tour. Le projectile toucha la main gauche de *Raf*, qu'il mit devant lui, comme pour l'inciter à ne pas faire de bêtises. Le recul le surprit et il laissa tomber son arme. Blessé mais conscient, *Rafaël* eut un geste malheureux et tua l'adolescent froidement pour riposter.

Comme son frère avant lui, le benjamin *Koskinen* n'eut pas n'importe quel sang sur les mains... C'était celui d'un jeune homme, dans la fleur de l'âge. Dégoûté de lui-même, il prit rapidement son pétard, dans l'intention de se suicider comme un lâche. Par chance, ou par miracle, son pistolet s'enraya. Ses émotions n'eurent d'autre choix que d'imploser de force, et il se mit à pleurer de désespoir, seul, au fond d'un soubassement biélorusse.

— Aller ! Ressaisis-toi pauvre con.

Il profita de la nuit tombée pour enterrer le jeune garçon avec dignité. La tâche était difficile avec une main en moins, mais sa peine prit le dessus et l'adrénaline ne lui fit presque rien ressentir.

À l'aube, il prit ses affaires et prit la direction de la Roumanie, en passant par l'Ukraine.

Chapitre 20 : Assaut

Betty était heureuse de retourner en Roumanie, en femme libre. Sa famille lui manquait terriblement. Elle avait réussi à fuir la France et se promettait de ne plus jamais y remettre les pieds.

— Je saurai me débrouiller dans la misère, se dit-elle à elle-même. Je ne vendrai plus mon corps pour une bouchée de pain !

Dans son nouveau travail en tant que serveuse dans un petit restaurant miteux, elle se levait très tôt, mais ne se plaignait que rarement. Un matin, elle enfila son tablier et s'empressa de servir les clients en caféine.

— *Betty* ? Tu as servi le monsieur avec son journal, assis à la table du fond ? lui demanda son responsable.

— J'y vais tout de suite.

Elle prit la cafetière encore bouillante et alla à la rencontre de cette mystérieuse personne, un bandage rudimentaire à la main.

— Avez-vous besoin d'autre chose ?

— Ça ira, lui répondit-il.

— Pardonnez-moi, mais... j'ai l'impression de vous connaître.

— Ce n'est pas qu'une impression, nous nous sommes déjà rencontrés par le passé.

— Vous, ici ?! le reconnut-elle en abaissant sa gazette pour mieux l'apercevoir. Que faites-vous en Roumanie ?!

— Cela fait maintenant des mois que j'essaie de me cacher convenablement. Je suis venu car j'ai besoin de votre aide... une fois de plus, supplia *Rafaël*.

— Je vous ai apporté ce que vous m'aviez demandé ! Je ne peux plus rien pour vous et je ne souhaite pas être mêlée à vos ennuis. Vous avez un fan-club tout autour du monde, pourquoi ne pas aller leur demander de vous tendre la main ?!

— Je n'ai nullement confiance en eux, je souhaite vous avoir vous, à mes côtés.

— Et moi, je souhaite que vous disparaissiez avant que la police ne débarque !

Dans le bureau de *Levine*, la cadence s'accélérait pour retrouver l'employée de restauration. Grâce aux informations fournies par la psychiatre de *Paavola*, Interpol eut l'impression d'avoir un coup d'avance, mais surtout insoupçonné.

L'agence comptait cent quatre-vingt-seize établissements à travers le monde ; le travail d'équipe et la communication étaient donc plus qu'importants.

Aux aurores, une tasse de café plus tard, il reçut un mail provenant du bureau roumain des services d'investigation et de recherche. Dans un de leurs fichiers de recensement de la population de l'an 2014, était mentionnée une *Béatrice Betty Dragomir*, ayant dans son casier judiciaire quelques mentions liées à la prostitution. *Levine* apprit également par le service des douanes françaises qu'elle était venue en Franche-Comté et était repartie dans la même période qui avait suivi la chute du club de malfrats de *Rossi*. La dernière adresse connue était celle où vivaient encore ses parents, mais qu'importe, *André* était bien déterminé à y fourrer son nez.

Trois heures de vol, pénibles, à supporter les railleries d'un bambin fatigué, plus tard, une armada débarqua en trombe devant la maison visée, attendant tranquillement l'ordre d'intervenir si le commandement le jugeait nécessaire. Ce fut une mauvaise surprise pour le couple *Dragomir* de voir leur domicile encerclé de toute part par des hommes armés, en ayant la sensation d'être pris pour des terroristes. Ils coopérèrent sans faire d'histoire et attendirent qu'on leur fournisse des explications sur la raison de ce foutoir.

— Les menottes sont-elles vraiment nécessaires ?

— Simple mesure de précaution, Madame, Monsieur. Avez-vous, parmi les membres de votre famille, une jeune femme prénommée *Betty* ?

— C'est notre fille, mais elle ne s'appelle pas comme ça. *Betty* est un surnom qu'elle se donne pour pallier le fait qu'elle déteste le prénom que nous lui avons choisi. Qu'a-t-elle fait encore ?!

— Nous vous expliquerons, mais pour l'heure, nous devons la retrouver... Savez-vous où elle est ? Est-elle chez vous ?

— *Béatrice* a un nouveau boulot dans un restaurant, un peu plus au nord. Si vous voulez la voir, je vous conseille de vous y rendre tôt dans la matinée, au Boema House.

— Merci de votre franchise. Nous vous relâcherons sous peu, mais je vous demanderai simplement d'être patient.

La serveuse eut à peine le temps de finir sa phrase que les forces de l'ordre étaient déjà dépêchés sur place. Le fugitif paniqua, se leva et prit en strangulation la pauvre employée qui ne voulait que refaire sa vie, dans de meilleures conditions.

— Mais qu'est-ce que vous faites ?! s'exclama la jeune femme, étouffée.

— Je sauve ma peau ! Tu ne veux pas m'aider ? Eh bien, je vais t'y forcer. Foutu pour foutu...

Son arme à feu était toujours hors service, alors, pour paraître un minimum convaincant devant la horde de tuniques bleues qui se trouvait dehors, il prit un couteau à bout pointu, et le plaça sous sa gorge. S'il devait mourir, il l'entraînerait dans sa chute.

Son esprit eut de la peine à observer et à analyser sa position, comme il savait si bien le faire sur un plateau de jeu. Les sorties semblaient trop éloignées, encombrées, et les clients trop nombreux pour se permettre le luxe de tous les soumettre à sa volonté.

Précautionneux, *Rafaël* les plaça dans un renfoncement, à l'abri d'un projectile perdu qui pourrait traverser les vitres du bâtiment. De plus, il n'avait pas à se soucier d'une attaque dans son dos ; le mur rugueux contre lequel il était collé le protégerait à coup sûr d'une surprise malvenue.

— Nous ne pouvons négocier avec ce type. Nous le traquons depuis bien trop longtemps maintenant. Nous devons agir rapidement et le plus efficacement possible, affirma *Levine* au chef des opérations roumaines.

— Vous avez une idée derrière la tête, n'est-ce pas ?

— Nous avons besoin d'une diversion, avez-vous des fumigènes dans vos camions ?

— Quelques-uns, oui. Quel est votre plan ?

— Il est esseulé, si nous lui envoyons ce genre de grenade, il voudra nous la renvoyer. Quand il passera devant la fenêtre, vous en profiterez pour lui mettre un pruneau.

— Bien, faisons comme ça, acquiesça- t-il.

L'échéquiste regardait dans toutes les directions. Sa vision se troublait par moments et il tremblait d'anxiété, comme un oisillon laissé là, à même le froid glacial, jumelé à un vent sibérien. Alors qu'il vit la vitre se briser et la fumée se répandre, comme s'il était dans un début d'incendie, il poussa avec violence sa captive et lui ordonna de ramasser et d'éloigner la bombe aussi loin qu'elle le pouvait. Seulement, voilà...

— Cible en visuel.

— Tirez, tirez maintenant !

Betty expira son dernier souffle et plongea la tête la première sur le carrelage... inerte, avec un trou d'une largeur de 22 mm dans la région pariétale gauche.

— Cible à terre.

— Intervention ! Sortez-moi ces gens de ce bourbier !

C'était le chaos. La population courait dans tous les sens, hurlant à pleins poumons, en direction des lumières clignotantes rouges et bleues.

Pour y voir plus clair dans cet épais brouillard, *Rafaël* courut en direction de la hotte de la cuisine et fit évacuer le surplus de gaz. Le temps semblait s'être arrêté. Les battements de son cœur disparurent de sa poitrine, et résonnèrent à l'intérieur de sa tête.

Armé de sa lame, il plongea dans la nuée casquée et se battit comme un beau diable, tâchant de toucher les points vitaux du corps humain pour éliminer le plus d'assaillants possible, le plus rapidement possible. Sans échappatoire, l'homme n'avait plus rien à perdre et tenta le tout pour le tout pour se frayer un passage à travers ses opposants. Il en égorgea un, puis deux, mais échoua lamentablement sur le troisième, qui dévia son arme de justesse.

Le corps criblé de balles, *Rafaël Koskinen* mourut dans une rafale et ferma les yeux pour l'éternité, sachant que sa mission sur terre était terminée. La radio annonça immédiatement le succès de l'opération, non sans dommages collatéraux. Ce fut à la fois un soulagement et un fardeau pour *André*, qui devra annoncer la perte de deux de ses hommes à leurs familles, et la mort tragique de la fille *Dragomir*, survenue à la suite d'une erreur de jugement...

La sienne.

Il vérifia son pouls, mais ne sentit rien. Il passa ses doigts dans ses longs cheveux et lui déclara ses plus sincères excuses en baissant la tête de honte, fermant ses yeux devenus vitreux.

Le temps de nettoyer tout ce bazar, le bâtiment avait été balisé et placé sous vigilance policière, sans attendre.

Epilogue

Lors de sa conférence de presse visant à décrire les événements de l'intervention, le directeur *Levine* était nerveux. La nouvelle qu'il s'apprêtait à annoncer aux journalistes ne lui faisait pas plaisir. Au diable le bouton du col de sa chemise froissée, au diable sa cravate à rayures, il irait devant eux, le buste à découvert et l'esprit léger.

Les flashs des appareils photos, venus en masse, l'éblouissaient et l'empêchaient de marcher droit. Quand il atteignit l'estrade, il déposa son discours pré-écrit devant lui, but une gorgée d'eau tiède dans sa gourde chauffée par le soleil ardent qui plombait le mercure à l'ombre, en pleine saison estivale, et se mit à parler.

— Mesdames, Messieurs... C'est avec fierté que je vous annonce publiquement la mort de celui que l'on surnommait *l'échéquiste fou*. Nous avons... dû faire des sacrifices pour parvenir à clore cette chasse à l'homme. Deux hommes sont morts lors de l'attaque du restaurant. Nous leur rendrons hommage lors de leurs funérailles, qui auront lieu dans une semaine... J'aimerais également remercier le courage de tous les policiers, ainsi que leur mobilisation. Votre contribution, de près ou de loin, à cette affaire, nous a permis de triompher en ce jour.

Le public applaudit... mais André leur fit signe de s'asseoir pour certains, et de se taire pour d'autres. Il continua en se raclant la gorge :

— Lors de cet assaut, j'ai commis une erreur. Dans le tumulte, une jeune femme est morte sous le feu allié. Elle s'appelait *Béatrice Dragomir*... J'ai demandé d'ouvrir le feu et l'ai exécutée sans réfléchir... De ce fait, je déposerai, dès demain, ma démission à effet immédiat, à la commission générale. Nous nous souviendrons de cette mésaventure, et nous aviserons pour qu'à l'avenir, ce genre d'événements ne puisse plus jamais se reproduire. Je vous remercie de votre attention.

Depuis la disparition de *l'échéquiste fou*, le taux de criminalité n'a cessé d'augmenter. Son adulation fera partie d'un projet de loi visant à ne pas normaliser ses actes et à interdire tout regroupement fanatique. Dans le même temps, le jeu d'échecs gagnera en popularité et augmentera le nombre de ses pratiquants.

André profitera de sa retraite anticipée pour déménager à Lyon et entretenir le cimetière de la ville. Il ne sera pas incriminé pour le meurtre de la serveuse, sauvé par la mission, jugée plus importante dans sa réussite, qu'un dommage collatéral.

Quand l'un de ses enfants lui annoncera qu'il va devenir grand-père quelques mois plus tard, il demandera à son fils d'appeler sa fille *Betty*, en hommage à cette pauvre femme qu'il n'a pu sauver. Il vivra une vie simple jusqu'à sa fin, appréciant chaque instant de la vie que ses anciens camarades n'ont pas eu l'occasion de profiter.

FIN

Personnages fictifs : générés par une IA

Emil Paavola

Thomas Rossi
"Le chuchoteur"

Liam Benedict

Elisa Hornett

Davide Fianchetto

Robert Attila

Louise Duchêne

William Diaz

Edith Walheim

Personnages fictifs : générés par une IA

Madeleine Sadowsky

Dylan Hornett

Éric Benedict

Jill Moussa

Luc Magarde

Carmen Riviera

Oliver Orava

Chris Blanchet

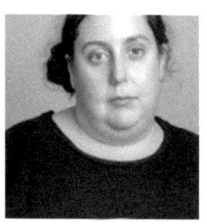
Gloria Blanchet

Personnages fictifs : générés par une IA

Frida Ferito   *Cyprien Cesnok*   *Rafaël Koskinen*

Arthur Koskinen   *L'échéquiste fou*   *Betty Dragomir*

Remerciements

À mon éditeur Bod (book on demand).
Aux employés de librairie.
À ma chérie pour son investissement dans mon projet d'écriture et sa patience.
À mes amis pour leur soutien sans faille.
À mes lecteurs/lectrices qui m'ont fait confiance.

Note de l'auteur

Ceci est mon premier livre, j'espère sincèrement qu'il vous a plu. Vous pouvez me retrouver sur les sites d'échecs en ligne sous le pseudonyme suivant : Bestiapoleon

Votre avis compte, n'hésitez pas à vous exprimer sur internet afin d'améliorer mes futurs projets.

Œuvre(s) de l'auteur à ce jour :
L'échéquiste fou (2024)
Prochain projet en cours d'écriture

Ce livre vous a été proposé par LFB production.

Initiation à la dégustation et découverte sensorielle
www.lefutboise.fr

La partie d'échecs, mentionnée dans ce livre, est disponible via ce lien internet :
https://www.chess.com/analysis/library/3Qagh